当代作家精品

灯火可亲

张立新 著

民主与建设出版社
·北京·

© 民主与建设出版社，2022

图书在版编目 (CIP) 数据

灯火可亲 / 张立新著 . -- 北京：民主与建设出版
社，2022.8
ISBN 978-7-5139-3911-9

Ⅰ. ①灯… Ⅱ. ①张… Ⅲ. ①散文集—中国—当代
Ⅳ. ① I267

中国版本图书馆 CIP 数据核字（2022）第 130573 号

灯火可亲
DENGHUO KEQIN

著　　者	张立新	
责任编辑	周佩芳	
出版发行	民主与建设出版社有限责任公司	
电　　话	（010）59417747　59419778	
社　　址	北京市海淀区西三环中路 10 号望海楼 E 座 7 层	
邮　　编	100142	
印　　刷	三河市同力彩印有限公司	
版　　次	2022 年 8 月第 1 版	
印　　次	2022 年 10 月第 1 次印刷	
开　　本	710 毫米 ×1000 毫米　　1/16	
印　　张	13	
字　　数	200 千字	
书　　号	ISBN 978-7-5139-3911-9	
定　　价	49.80 元	

注：如有印、装质量问题，请与出版社联系。

目 录

第五辑　春晖·寸草

第一辑　吟唱·婉约

　　候鸟来去的乡村，应该正逢城镇化进
程中的过渡期和阵痛期，丝丝缕缕，痛点
颇多，站在不同的角度，会有不同的解读，
需要去捕捉，去呈现。

　　　　　　　　　　——《像候鸟来去乡村》

听母亲讲"古今"

雨点下来了，豆子大，噼里啪啦响，地面一会儿就湿了。

母亲背个筐，扛把铁锹，嚷着下大了、下大了，冲进院来。我和两个妹妹，在炕上跪着，趴在窗上，往外看。母亲进了屋，拆开辫子，拿毛巾擦头发。母亲的辫子很长，像村里池塘边的柳梢，娉婷秀雅，风摆有致。天空一声炸雷，比过年时最大的炮仗还要响。小妹吓得撇开嘴，想哭。母亲换了外衣，也坐上炕来，手里拿着针线，拽过一条裤子。这是我的蓝裤子，膝盖上破了两个洞。母亲从针线篓里翻，找出两块碎布，一块蓝，一块黑，搭在洞上，比比画画，是要补了。

很久以前啊，有家穷人，常常揭不开锅。

母亲用嘴抿湿线头，穿进针眼，开始给我们讲"古今"。凡是以"很久以前"开头的故事，家乡都叫"古今"。乡谚云："古今古，古四川，四川山里卖牡丹。"后面的记不清了，大意是说某段"古今"有味道、流传广。

这家媳妇去给地主家做饭，擀面后，不洗手就回家。手上沾了面，回家洗了，煮面汤，给饿着肚子的老人孩子喝。

母亲经常给我们讲"古今"，语速平缓，善恶分明。天已黄昏，雨依然没停，一道闪电，又一声雷。母亲缝补的针脚很密，动作也快，我们依偎在母亲身边，听她讲。

没过多久，地主婆发现了，百般刁难，斥责这媳妇明着来做饭，暗里是偷面啊。

我们歪着脑袋，提心吊胆，怕雷鸣闪电，怕地主婆发难。母亲缝完最后一针，把裤子扔给我，说穿上吧。边起身下炕，该做饭了。

院门外有脚步声，有人声，有自行车声。这是往姚家坪去的。姚家坪在我们村东的山上，山路像羊肠，拐弯抹角的，绕上山顶。母亲讲过狼来了的故事。我们猜姚家坪的树林里肯定有狼，万一碰上了，喊大家帮忙，能来得及吗？于是，从此不敢上山进林，更不敢言而无信。

小时候家里点过几年灯盏。盏里有煤油，油里有捻子。捻子点着了，闪闪烁烁的，像我们听故事时的眼睛。母亲擀面时，我们跟在身后。碎面叶儿盛进碗里，端上桌时，我们瞅着母亲，想听完她的"古今"。

地主婆说，你偷没偷面，天知道，哪天打雷了，你敢把手伸出窗吗？母亲边吃边说，灯盏暗了暗，像要睡着了。母亲拿根针，挑了挑捻子，灯又醒了，亮了。傍晚电闪雷鸣，媳妇儿伸出手，一道金光，两只手腕上，竟然各缠了一枚亮灿灿的金手镯。

母亲笑了，我们也笑了，哈哈地笑。快乐将屋外的雨声遮没了。去看看，外面还下雨吗？我们凝神听，好像还在下。开门，雨果然不小，屋檐已经挂上了小小的瀑布，哗哗响。这场雨好，明后天就可以种冬麦了。母亲念叨着她的庄稼。包产到户没多久，母亲虽然体弱，但也从不让自家的地闲着。她的"古今"因农事的忙闲，而时断时续，像隔半年才能吃上一顿的饺子，馋人。

我不喜欢雨天，只能待在屋里。不能挖洋芋，去山坡上烤了吃。不能拿土坷垃，扔胖婶家伸出院外的核桃树，偷核桃吃。更不能脱了衣服，跳进水塘里，学狗刨。胖婶特别小气，只要墙外有风吹草动，就追出来骂。那些核桃，她要一颗不剩地收了，拿到集市卖。村里有果树的，都这样，小气得很，跟地主婆一样。

看见响雷让媳妇发了财，地主婆眼红了。学媳妇的样子，擀面，将手上沾的面煮汤，给公婆和地主喝。然后将自己的手伸出去，"咔嚓"一声，响雷过后，地主婆的两只手臂，没了。

母亲相信善恶有报。我也相信母亲讲的"古今"。电闪雷鸣，从此变得恐怖、神秘且诱惑十足。遇着雷雨天，断不敢走出屋外，连手都不敢伸出去。母亲嘿嘿地笑，傻孩子，老天爷对付的，只是恶人，怕什么。于是，我们暗想，以后一定要做个好人。说给别家孩子时，他们都笑，说"古今"都是骗人的。我觉得他们的看法，才奇怪。记得当时咒过胖婶，她的手咋就不被雷劈了呢？打雷许多次了，胖婶每次都好好的。这也很奇怪。

村里有许多"古今"，像庄稼，割一茬长一茬。后来，村里通了电，煤油灯不用了，夜里各家亮了起来，许多"古今"却销声匿迹了。上学后，当母亲偶尔再讲起"古今"的时候，我半信半疑，会追着她问，这是真的，还是假的？母亲笑了笑，不回答。很多年后的今天，我心底一阵暖意，忽然明白了。

像候鸟来去乡村

每次去乡村，与人闲聊，所闻所见，都让人心生一种如鲠在喉的涩痛。

多年前，我返城居住，从此成了乡村的过客，却对乡村怀有挥之不去的留恋。多年后，原本是乡村的主人，也纷纷远赴城镇，甘愿做城市的过客。逢农忙，到春节，才匆匆回家，俯身面对自己的土地。不多几日，又匆匆返城。在我眼里，如今的乡村，像有无数只候鸟，来来去去。不知道其中有多少只，已经沾染了城市的浮躁，拼命扑棱着翅膀，直到飞得太远，渐渐迷失了方向，找不到自己真正的家。

山娃，我的发小。情绪低落，每次见我，竟有些抬不起头。究其原因，无非是自己体弱多病，无力出外打工，只能在家务农。做不了候鸟，家里光景也赶不上人家，自觉低人一等。云锁，我的表哥。一直在家侍弄庄稼，最近几年，看众多候鸟们，大多翻新了宅院，也止不住眼馋，去城镇打工，三五年时间，有了些积蓄，想翻新房子，他的儿子却说，乡下的房子不翻了，咱还是在城里买套房吧。得生，世杰，双喜，都大我几岁，算是村里的爷字辈。春耕秋收，喷药除草，成了庄稼地里的主力，儿女和已经成年的孙辈，都成了候鸟。山娃这样的，已经越来越少。云锁这样的，却越来越多。前几天去村里，正碰见世杰，从地里回来，拍打着满身尘土，眼里却泛着笑，不无得意地说，咱娃攒了钱，准备在县城里买房了。我问那地咋办。世杰对这个问题，似乎有些诧异，说，现在的年轻人，不稀罕家里这几亩地，还不是像我一样的老家伙在侍弄，今年墒情不错，过几天，该下种了。

世杰们耕种的，是村里最好的一块地。当年平田整地时，乡亲们一溜排开，铁锨踩下，地皮绽开了花，削高填低。割麦时，镰刀起处，麦子跌倒一地。挥汗如雨，笑语喧天，是乡村留给我最美好的童年记忆。如今，这里显得如此寂寞，直教我怀疑，童年时这里的喧闹，是幻觉，抑或是梦境。其实我早已知道，只在农忙时，候鸟们才飞回来几天。我也知道，飞来的候鸟其实还恋家、恋地，渴望着丰收。更多的候鸟，即便在农忙时节，也不回来了。村里很多年轻人，已经在城里买了房，他们觉得，不用土地，也能够自食其力，衣食无忧。

写这篇文章的时候，我年近七旬的五姑姑正好来家。说起家里的承包地，五姑说，家里的七亩多耕地，已经好几年不种了。前几年租给别人，种百合，育树苗，每亩还能收两三百元租金，现在呢，已经是免费让人家种了。五姑如今独自一人住在乡下，儿孙们全都成了候鸟，在城里扑棱着翅膀。

候鸟来去的乡村，应该正逢城镇化进程中的过渡期和阵痛期，丝丝缕缕，痛点颇多，站在不同的角度，会有不同的解读，需要去捕捉，去呈现。我之所以有如鲠在喉的感觉，或许是站在了传统的立场之上。我愿意相信的是，不远的将来，连片式机械化耕作，会在古老的西北成为农业生产常态。这样的阵痛，会否萌发一轮农业生产革命，也未可知。

因为，每年实施的土地开发整治项目，已经渐渐消除了田埂，将断田寸地连成了片，将旱地变成了水浇地。也因为，候鸟们手中的土地，已经慢慢地被集中。

唯一希望的是，不管在什么时候，候鸟们都会留恋着自己的土地。而连片耕作的土地里，应该多一些小麦和玉米，少一些林木与花卉。

简约传神张守义

读到一篇文章，知道张守义先生于 10 月 14 日病逝了。

作为图书装帧设计家，张守义素有"中国第一封面"之称，其装帧作品"舞矛亦舞盾，能舞又能文"，堪称"张守义品牌"。喜欢读书的人，想必都见识过他的设计。其简约传神、独树一帜的风格，吸引和征服过无数读者的心，张守义这个名字，在我心目中甚至一度成了品位和档次的象征。

正如看译制电影时，将童自荣、丁建华的配音当作一种享受，却一直无缘了解两位配音艺术家的庐山真面目一样，对于张守义，一直以来，我也是只观其画，未识其人。虽有文如其人、画如其人之说，但若不是听说他逝世的消息后，才陆续搜集、阅读了一些他的为人处世、趣闻逸事、创作幕后之类的怀念文章，也许我对他的认识始终停留在感性方面，而不会深入下去。

张守义毕业于中央美术学院绘画系，后到人民文学出版社任美术编辑，直到退休。我看到了张守义的照片，网络上的，的确很像鲁迅，听说有导演曾经想请他饰演鲁迅，后因身材比鲁迅高出许多，而只好作罢。他视丹青为命、视酒为魂，因胃机能萎缩，不能正常吃饭，主要靠啤酒、切碎的鸡蛋作为饮食。平日里，他衣着不修边幅，生活不拘小节，似乎极随便、极松弛之人，对绘画、对友情却又极其珍视，甚至达到了"痴"的境地。我看到好几个典故，印象最深的有两个。一个介绍了张守义创作的情景，说其绘画之时，将画稿铺在桌上、地上，或者挂在墙上、柜子上，到处皆是，办公室里堆得太乱，实在不能工作了，竟然搬到隔壁废弃的厕所里，将画板摆在水池上面，继续工作；他设计外国文学名著封面时，专门跑到电梯里，跑到王府井，跟在外国人身后，去观看他们的面貌、神态。另一个是关于"寄情石"的。张守义喜欢收藏，喜欢灯具、酒具之类，也收藏了一堆其貌不扬的小石头，每块石头都认真写好时间、地点，装在信封里。这些小石头，都是张守义去他画过的作家故居时，从地上或墙上捡回来，妥为珍藏的。

我认识张守义，还是从《绿化树》开始的。当年一直很喜欢张贤亮的作品，他的《绿化树》单行本发行时，我迫不及待地在书店里找到它。拿到书的一刹那，我被它的封面吸引住了。封面下半部分写着书名、作者，底色为淡灰，似乎象征着文中所述的那个灰色的年代，也似乎是书中"我"的遭遇。上半部分是淡绿，两朵白云，一个小小的，黑色的女人背影，又仿佛彰显着希望和憧憬，或者暗示了书中马缨花的热情奔放。整幅画格调清新、淡雅，层次鲜明，宛如一缕清风，扑面而来，惹人爱不释手。翻到封底，赫然印着"封面设计：张守义"，我从此记住了这个名字。

再次接触张守义，是一本小册子，1985 年，我从诗刊社邮购了一本《诗刊》1981—1982 年获奖诗集，名为《黎明拾穗》。依然是灰色的主调，淡绿色而不规则的太阳，再配上臧克家的题字，使这本 120 页的小册子陡然拥有了一种厚重和儒雅。之后，我越来越多地在外国文学名著中发现了张守义的封面设计，《约翰·克利斯朵夫》《包法利夫人》《当代英雄》《德伯家的苔丝》《茶花女》《名利场》《堂吉诃德》《美国现代小说家论》等，这些如今摆在我书架里的著作，都是张守义的设计作品。特别是个别作品，版本不同，封面也各异，如《包法利夫人》，据我所发现的，张守义就至少设计了两个版本。一版以一名女士侧面头像为主，另一版则以一名女士的全身背影轮廓为主。特别是后面一版，即外国文学出版社1989年版的设计更为独特，细瞧那个背影，其实仅用浓墨涂抹了两三笔，远看时，女士的手臂、裙裾又非常神似，简直妙不可言。接触渐渐多了，我发现张守义在设计外国作品时，有很多以灯烛或人物侧影为主，画全身像时往往粗犷浑厚，头像则柔美细腻，看似寥寥几笔，仿佛信笔涂鸦，细细品味，却极尽简约传神之所能，不仅恰到好处地折射出著作内涵，又能给人更多想象和回味的空间，大有一叶知秋、一斑窥豹之神韵。丰子恺曰："常喜小中能见大，还须弦外有余音。"张守义的作品应该是这两句诗最好的注解吧。写到这里，我不禁想起了钱锺书先生在《围城》中，画一张红嘴、代表指甲的十个尖而长的红点，就是汪太太的所谓"提纲"一样，大师们的异曲同工之妙，我们读之，如余音绕梁，印象深刻。

久而久之，当我拿到一本书，不用翻看设计者姓名，也大致能够辨别出是不是张守义的作品了。当年还有件趣事，好几次我们几个喜欢文学的同学，在新华书店看中某本书，却因为该书的封面设计不是张守义，而放弃购买。在我们看来，值得由张守义设计封面的作品，才是真正意义上的名著。正因为如此，我存放在书架里的很多书籍，其封面设计都是张守义，照今天的话来说，我也算是张守义先生的追星族了。

听"花儿"嘹亮

很小的时候，我跟着父母，逛过家乡的"花儿"会。此"花儿"不是盛开的鲜花，而是在家乡以及西北地区广为流传的信天游。虽然听不清那些花儿把式（歌手）唱的是啥，可成群结队、漫山遍野的人群，此起彼伏、高亢嘹亮的歌声，却给我留下了极深刻的印象。听到酣处，身边的小伙子、姑娘们会亮起嗓子，也唱上几句，歌声刚落，马上就有人过来对唱。后来才晓得，这种常见的问答式花儿，内容除了伦理道德、家庭生活、历史传说之外，最吸引人，也最有情趣的，就是对于爱情的歌唱。

"冶力关的柏木腊子口的桦，陇中的花儿甲天下。"尽管多次听过这句俗语，也知道临洮花儿始于明洪武年间，数百年经久不衰。可长期以来，我对花儿依旧不以为然。在我眼里，这种广泛流行于家乡以及邻县的山歌，无非是乡亲们聊以打发时光的方式而已。虽然花儿的腔调悠扬、明快，可掩盖不了它的曲调单一，即兴歌词浅显、落俗。没想到，时隔多年，一次偶然的机会，当我又逛了一次花儿会，聆听了多首风格各异的花儿之后，竟然改变了我的想法，而对花儿产生了浓厚的兴趣。

"我想留你留不下／走开你把魂丢下／想了我和魂说话。"如此直白的情歌，由一位小伙子用假嗓唱出，火辣而极具诱惑。起初我以为这是小伙子在独唱，可又觉得不像，因为不远处有几位姑娘，在嘻嘻哈哈地推让着，这边歌声刚落，那边一位姑娘随即唱了起来："天上发雨雷响呢／嘴说不想心想呢／想得眼泪常淌呢。"周围很多人聚了过来，开始鼓掌，大声地笑。

这是农历五月十九日，家乡传统的油磨滩花儿会。游人自四面八方而来，目光所至，熙熙攘攘全是人，树荫下、草滩上，坐了好些人，戴着草帽，或打着伞，听花儿把式们纵情放歌。我走走停停，拣最热闹的地方去听。这边好像是专业花儿把式们在唱，搭了简易的台子，化了妆，观众围满一圈，喝彩声、口哨声不断。仔细听来，大多还是情歌。"想你心肝肺烂呢／洮河流水都断呢！"仍然如此直白、火辣而夸张。"我的尕妹人美观／人人见了都眼馋／都想偷偷把你看。"这几句刚唱完，周围响起一阵鼓掌声。"想你把我想瘦了／想着浑身没肉了。"这位花儿把式的嗓音极为高亢，尾音拖得很长。周围一阵大笑，掩不住他更为起劲地歌唱。"一晚上想你没睡着／两眼大睁着天亮了。"这是一位女声，嗓音略有些沙哑，但爆发力很强，落腔悠扬，颇有摇滚范儿。

听了大半天，我特别惊讶。始终以为家乡人性格内敛、沉稳，不善表达情感。没想到，花儿唱出的爱情，竟然如此直接、坦荡，像火一样炙热、奔放。难怪清朝临洮籍诗人吴镇宦会写下"花儿饶比兴，番女亦风流"的诗句。或许，正是因为有了花儿，家乡人才算找到了释放情谊、宣泄爱情的途径。花儿，承载了太多的爱恨情仇，在我眼里，它早已成了家乡的爱情宣言。

紫松山花儿会、莲花山花儿会等，据说规模更大，遗憾的是，数年来，我只闻其名，还没有去玩过。或许明年吧，我想去紫松山，上莲花山，尽情感受一番我们爱的宣言。

实心农家餐

红心柳，一张杈，

实心把你人留下，

泡上一碗毛尖茶，

冰糖下着锤头大，

把你甜者牙跌哈。

——临洮花儿

皮卡车载着我们，在一段近 45 度的蜿蜒坡道上，爬行了大约半个钟头，一片开阔地映入眼帘，有狗吠声传来。不远处，树林掩映的地方，隐隐一座村庄。司机说，到了。

车停在一座院落前。四五只觅食的鸡，仿佛受了惊吓，哑声叫着一溜烟跑进门去。一个中年男人迎了出来，头戴褪了色的帽子，披着一件外套，脚上一双军用胶鞋。大老远地，将双手伸着，向我们快步走了过来。嘴里念叨着，领导们来了啊，快进屋，快进屋。司机介绍说，这是村主任，由他负责今天的工作，晚上我来接大家。交代完毕，连院门都没进，司机就掉头返回了。

这次下乡，是县里从各单位抽调人员，赴各村测量种植的地膜玉米面积，以便发放补贴。对于经常不下乡的我而言，这次任务倒显得新鲜。屋里摆设很简单，一张大炕、一排柜子、一组沙发、一张茶几而已，干净整洁。一名中学生模样的女孩，应该是主任的孩子吧，进来，拿出四五个玻璃杯泡茶。我连忙站起，表示先量地，量完了再喝茶。主任却不由分说，一个一个将我们按坐在沙发上说，山里中午之前还有些凉，喝杯茶，吃了午饭，稍微热些再出去，也不迟的。看他一脸诚恳，我们也不好过于坚持。我们的吃饭、工作是提前安排好了，由主任接待的。何况现在离午饭时间仅有不到一个钟头了。便又坐下来，端起茶杯，和主任聊天。怕主任大动干戈，过于客气。我赶紧反复声明，午饭尽量简单些，每人两碗浆水面即可。这应该是乡村最普通的饭。主任连连答应，说，放心放心，家常饭而已。

我起身踱到屋外，转转，看看。听厨房里动静很大，便进去。主任女儿在用麦草烧火。案板前，应该是她母亲，在和面、擀面。锅台上搁了一块木板，上面已经烙了高高的一叠饼子。这是烫面煎饼，一张饼有篮球那么大，卷上一些炒菜，特别是炒土豆丝之类的，是一道价廉味香的农家美食。我一阵惊喜，说，哎呀，大嫂烙煎饼呀？这可是我最喜欢吃的。主任老婆转过身来，才发现我。一连声地说，领导快去屋里坐着吧，马上就好了，厨房里有烟，会熏着你的。

坐下不久，一大叠煎饼、两大盘子青椒炒土豆丝端上桌来。一起的同事们大喜，嚷着说，煎饼卷土豆丝呀，太好了，这平常可不容易吃上的。村长呵呵笑着，领导们到村里来，都喜欢吃这个。谦让一番，每人拿起一张煎饼，卷上菜，一口咬下去。直到如今，四年过去了，我仍然特别想念当时煎饼卷土豆丝的味道。回城后，我也曾多次在家做过和吃过，同样的煎饼，同样的土豆丝，却总是没有主任家的那个味道。和同事们说起，他们也有同感。一起感慨时，有人忽然说，主任家的煎饼卷土豆丝，不仅是自家磨的面、自家炸的油，还有麦草烧的火，更加重要的是主任家待客的"实心"，你们听过么，家乡有一首花儿，唱的就是"实心"待客的事。一语提醒了我们，于是，大家也都明白了。

一株株玉米已经破膜而出，嫩嫩的，绿绿的，憨憨的。我走在这么一大片，一大片的玉米地里，一阵微风吹过，空气中弥漫着一股淡淡的草香。主任走在前面，用手指着，说，翻过这道梁，还有一片很大的玉米地呢。

放风筝

　　轻风，柔柔的，软软的，带一缕润润的泥土味，轻描淡写地吹在脸上，让人感觉不到一丁点儿寒意，反而有些暖暖的东西，袭上心头。蓦然明白，春到了。

　　儿子嚷着要放风筝，我便陪他出去。体育场上早已聚了很多人，不管老幼，绽开一脸的悠闲和惬意，仰头望着花花绿绿的风筝，装点着蓝蓝的天空。草坪仍是灰蒙蒙的，但间或也有零星嫩草探出芽，怯怯地、悄悄地张望，仿佛探路的先行者，支棱着耳朵，关注着外面的笑语喧哗。哪天待人们稍不留意时，说不定已满目皆绿、万物俱醒。儿子拿着那只蜻蜓图案的风筝，已经跃跃欲试。我帮他扶着，迎风展开，说声走，送了出去。他拽着线撒腿就跑，就见那只蜻蜓翻了几个筋斗，一头扎了下来，扑一声掉在草坪上。我哈哈笑着追过去，再放一次，没两分钟，又失败了。我只好亲自上阵，捯起那只蜻蜓。

　　从来都是喜欢看人家放风筝，自己很少实践。小时候，曾经和伙伴们一块儿，从作业本上撕张纸，涂鸦些眼睛、鼻子什么的，穿一根两三米长的线，随便捣鼓捣鼓，就拽着那张纸撒着欢儿地跑，也叫作放风筝的。放这种"风筝"时，必须得快跑，步履稍慢，风筝便会一头栽下来。初春时分，村里的空地上，总是能看见牵着这种风筝使劲儿奔跑的孩子，旁边瞧热闹的孩子们会一起喊着，快跑快跑。似乎放风筝的所有技巧都在跑动的快慢上了，这就给人一种奇妙的幻觉，远远望去，一个白色的东西，仿佛在狠劲追撵着前面的孩子狂奔一般，让人既诧异又忍俊不禁。也有人想制作个稍微像样儿的风筝，找张报纸，固定在从扫帚上抽下来的竹子上，在尾部粘两条长长的尾巴，看似很新鲜，很光彩的，却一点儿也不实用，总是头重脚轻的模样，跑不了三两步，便扎进土里。几个小家伙怎么摆弄，也不得要领，上不了天，让大伙儿垂头丧气，空留几分遗憾。

如今，已经不用自己动手了，街上满是花花绿绿、各式各样的风筝，花上三元五元的就能买到，材质也大多是塑料。风筝能花钱买到，放风筝的技巧却是买不来的。我拽着这只蜻蜓跑了几次，也没将其升上天，儿子已经面带嘲笑了。我不由得和儿子一起观摩别人的动作，看他们很悠闲地牵着线，也不像我等这样奔跑，只将手里的线收紧、放松，一张一弛间，风筝却越飞越高，且稳稳地在天上飘扬着。特别是一位华发老人，坐在草坪上，手里拿着一个大线盒，面带微笑地往天上望着。我们也抬头，好久才发现老人的风筝已高入云霄，隐约看出是好几节长的蜈蚣模样，身影变得很小很淡了。

站着看了一会儿，总算发现些端倪，原来放风筝并不需要持线奔跑，而在手上的牵线动作。风紧时，松松手，风缓时，紧紧线，风筝才能够持续高飞，不至于摔落，这里边的道理其实很值得玩味儿。学着别人的动作，试探了几次之后，我们的蜻蜓也飞起来了，且一直保持着平衡，融入了满天的纸鸢之间。

望当年小张

　　集五千年人文智慧与自然底蕴，造就了中华文化的博大精深。如果有兴趣探究，则字字句句皆有出处，山山水水颇多典故。品味之余，方知世界之大，万物之妙，一切皆有可能。近年来方兴未艾的姓氏文化，炙手可热的寻根问祖，便是体味和认同中华文化的一曲幽径，其中大有学问，自然也深藏可观的经济价值。

　　因兴趣使然，近来我也查找了一些自己姓氏的典故和由来，可谓收获颇丰。关于"张"字，大家都认可它来源于遥远的传说年代，属古老姓氏，始见于金文及石刻文中，为象形字，整个字形仿佛一个张弓欲射之人。按说张姓的来源、分布、迁徙史等，有许多美丽的传说、史实或典故，可与我有直接关系，同时也让我印象颇深的，还是别人对自己的称呼。这种称呼几经变迁，大约经历了以下几个阶段。

　　年少轻狂却习惯于假作成熟模样的学生时代，老师对学生、同学对同学之间直呼其姓名，或者同学间以绰号称呼。对于各自的绰号，初听不雅，往往还拳脚相向，一旦习惯了，也就坦然受之，张王李赵之类的姓氏，倒变得似乎不重要了。有趣的是，若干年后，同学邂逅，彼此常常记得绰号，对本名却大半天也记不起来了。

踌躇满志、意气风发的四年军旅生涯，我在部队机关任职，周围参谋、干事一大堆，不管男女老幼，对士兵们都直呼小李、小王什么的，我自然就是小张了。刚听这个称呼时，很新鲜，因为家乡话里，很少有这个"小"字。小张小张叫得多了，听习惯了，感觉非常温暖。特别是我们几个要好的战友，彼此称呼时，连"小"字也省略了，直呼张王李赵，且在姓之后加上少许的儿化音，仿佛菜肴中的作料，淡淡的，让人心里特别熨帖。如今每每忆起，似一石击水，许多人与事，总如影随形，历历在目。

家乡方言里，"小"字一般都被"尕"字所代替。说某某年纪小，大家会说岁数还尕着呢。衣服缩小了，大家会说衣服变尕了，等等。对年轻人的称呼，自然便以尕字开头，以姓为后缀。退伍后分配工作了，我去单位上班，年长者找我时，大多喊尕张尕张。让我听来味同嚼蜡，感觉特别扭，竟然有被贬低的意味，虽然我明白，"尕"字在家乡，也是一种昵称，可我依然不习惯。一直到现在，我对"尕"字的偏见始终未改变。相比而言，我更偏爱家人和朋友间，一般以名，或者以小名儿相称，而省略了姓的，充满关爱，也显得亲近。

谁曾想到，弹指一挥间，还没等我充分享受"小"和"尕"带来的温暖和别扭呢，这两个字似乎又要离我而去了。梭般时光催人老，我忽然就觉得，自己已经到了被人称作老张的时候了。

山珍来自远方

儿子指着不远处的一片绿色，嚷着："快看，蒲公英。"

父亲说："对，我们都叫它苣荬菜。"

这是清明时节，我们去扫墓时发现的。父亲在前面走着，说："明早我去登山时，给咱挖一些苣荬菜，还有灰条菜、苦苦菜，晚上凉拌。"

"在冰箱里储存一些，像去年一样。"儿子很兴奋。

我听着他们的对话，不由得想着这几年来，我们挖野菜、吃野菜的事。每到开春时节，挖野菜已经成了我们的习惯。餐桌上，隔三岔五地，便有绿绿的野菜端上来。记得前几年刚吃野菜，谁也不觉得它稀罕，没想到仅仅几年时间，野菜竟然成了家常菜，对我们而言，似乎必不可少了。甚至，从去年开始，还尝试着，用冷冻和晒干的方式，将野菜储存起来，以备冬季食用。将一些灰条菜、蒲公英，在阳光下晒干、封存。再挑选一些特别新鲜的野菜，用保鲜膜包起来，放在冰箱冷冻室里。雪花纷飞的日子里，我们将冷冻的野菜取出来，竟然和刚挖来的一样。将晒干的野菜泡在水里，不用多长时间，就变得柔柔的，嫩嫩的，吃起来别有一番滋味。

最难忘的，是前几年从远方挖野菜的情景。

那是五一长假，承蒙表哥盛情相邀，我们一家老小六口人，去300公里外的宕昌县官鹅沟游玩。森林湖泊、雪山峡谷、飞瀑鸟鸣、绿叶冰柱，如此多的美景，竟然都集中在官鹅沟景区。整整两天，我们乐不思蜀，兴奋异常。特别是林区内各种各样，叫不出名来的野菜，更让我们大饱口福。在官鹅沟的几天里，每餐都有野菜，都是我以前根本就没见过的。听表哥多次以方言说这些山珍的名字，我竟然只记住了一种叫刺嫩芽的，其他的，一样也没有记住。

临走的时候，我们表示，要摘一些野菜回去，表哥满口答应，又领我们进了林区。这样的野菜，在林区太多了，掩映在绿草中，埋藏于灌木丛。表哥驾轻就熟，一会儿拣了一大堆。我们却云里雾里的，站在野菜眼前，也发现不了，半天才摘了一小捧，还有一些是不能食用的，惹得表嫂哈哈大笑。

这天摘的野菜，大多是刺嫩芽，因为我们觉得，这种野菜最好吃。小心翼翼地装入塑料袋，放到了车上。经过六个小时的颠簸，回家之后，赶快将野菜轻轻取出，放入冰箱。

次日，当从冰箱里取出刺嫩芽时，却发现它们变了，变得有些黏，有些烂。这让我们心疼不已，赶快泡进水里，将已经黏了、烂了的部分择除，剩下的放入沸水煮熟，装进碟子，拿植物油炝了，端上了餐桌。

从远方拿回来的刺嫩芽，依然特别好吃。可惜的是，很多年了，我再也没有吃过刺嫩芽，一想起它的味道，仍然让我们垂涎不已。

簸箕湾纪事

　　除了平时耕种，几乎每家每户，闲暇时以藤条为乐，缠来绕去，大大小小的簸箕便摆满了院子，拿到集镇上，颇为走俏，簸箕湾的村名由此而来。盛行几十年后，青壮年大多外出打工，老人留守或去城里照顾孩子，村里竟然不产簸箕了，只留下簸箕湾的村名，像光环或是疤痕，抚摸着过去的时光。

　　村里的很多人家，过上了和以前耕田种地、编织簸箕不同的日子。

麦魂

　　不管怎么说，田生就是要种麦子。

　　三月的春雨很俏皮，刚刚唤醒了簸箕湾的大地，田生就有些迫不及待，驾了牛，扛了犁，往地里走。老伴嘟囔了几句，跟了出来。她早已习惯了，凡事听老头子安排。

　　半道碰着人，吆喝说，田生叔，今年还种麦子啊？

嗯。田生应了一声，懒得多说，只管往前走。我种麦子咋了？柜里有粮，心中不慌！年轻人，光知道挣钱，钱是万能的吗？能填饱肚子嘛！

田生使劲"哼！"了一声。

村里人都劝过，种麦子不划算，大伙儿早就改种玉米、蔬菜或者党参、黄芪了。还有好多栽了油松、侧柏，比头发丝还密，说好像有啥项目要经过咱村，种树补偿高。最可恶的，是好几家外出打工，好端端的地给撂荒了。田生从十几岁起，至今快50年了，一直种小麦，他心里踏实。庄稼汉，成天寻思个啥！以前挨过的饿，这么快就忘了吗？

拍拍黄牛的脖子，老伙计，咱干活了。

黄牛晃了晃脑袋，好似点头答应的样子。

田生和老伴，和牛，步子都不太利索，却不犹豫。墒情很好，犁翻过去，泛出一股淡淡的香。对，土壤也有香味，尤其是雨后。田生闻了大半辈子，这个味道，他闻不够。老伴跟在后面，不急不缓地撒麦种。

这样的耕作，田生喜欢。别家用拖拉机，突突突翻地，田生嫌闹腾。他稀罕的是黄牛，慢悠悠地，一步一个坑，实在。

太阳爬上山梁，地里有雾，慢慢地扩散。

两个人，一头牛，一把犁，像极了一幅水墨画。

寇家有梨

矮院墙，土坯房，一位四十多岁的男人，头发上沾满草屑和灰尘，正在收拾一堆玉米秆。院里两棵梨树，果实累累。有客人进来，男人一边在衣服上擦着手，一边颠颠地迎过来。村主任介绍，这就是寇老二，贫困户。

城里来的老杨将捐助的几百元现金和大米交给他。寇老二有些羞愧，说经常让政府惦记，真是没用。村主任插话，他两个娃有出息，都上了大学。地里的收入、卖梨的钱，全给娃了。寇老二说，给你们摘几个梨吃吧。说了却不动手。看得出，他只是客套而已。

两年过去了。今年国庆节，又去该村帮扶。老杨以为仍要去寇老二家，村主任说寇老二不用帮扶了。问为什么。他欲言又止，说不如去瞅瞅吧。

院墙没变，土坯房却成了砖瓦房。

寇老二不在家，他媳妇在。女人给客人泡了茶，拿起一根长竹竿，去梨树前，哗哗几下子，好些梨掉下来。老杨赶紧拦挡。村主任说，别管她，现在吃寇老二几个梨，他指不定有多高兴呢。

娃们申请了无息助学贷款，操心少了。前两年家里的承包地被征了一半，两亩多，就翻了房，我和当家的还有失地农民养老保险哩。寇老二媳妇嘴巴很麻利，表情很兴奋，说起来没完。

村主任却有些忧虑，叹气说，寇老二一家勤快，去年还在县城租了一个小菜摊，卖些自家种的蔬菜，听说很挣钱。村里还有好多家也拿了征地款，却任意挥霍，只图享受，日后有他们受的。村里这些天正琢磨着，用个啥办法，让那些人也学习学习寇老二呢！

出门时，老杨对村主任说，寇老二家这梨，真甜。

双喜临门

若论种地，世林是把好手，也是村里的骄傲。

闺女如秀长得俊，性情乖巧，让后生们惦记着。世林放出话来，如秀是黄莺，不是麻雀，不可能圈在簸箕湾这个笼子里。

如秀去城里学理发，两三年时间，一把剪刀风生水起，已能独当一面。县城的志宏，斯斯文文的，隔三岔五来理发或洗头。每次见如秀，总会脸红，话也说不利索。

不久，如秀领着志宏回了一趟簸箕湾。

如川是如秀的哥哥，结实，耐看。虽然兄妹两个都没考上大学，但世林认为，只要心正、勤快，总少不了一碗饭吃。家有耕地十多亩，如川跟着爹精耕细作，丰衣足食。

想给儿子找个回农村的媳妇，又想让女儿嫁到城里去。世林央媒人介绍许多次，竟然没有一个姑娘愿意嫁到乡下来。其实如川心上有人，他稀罕着在城里摆摊卖菜的佳佳。表白之后，佳佳说只要如川进了城，两人可以交往，种庄稼没出息。

世林很生气，却无可奈何。

如川进城学了电器修理。

后来，媒人传来话，除了嫁妆外，佳佳爹妈要十万元彩礼，以后还要在城里买套房子。

关于彩礼的行情，世林是清楚的，差不多就这么个数。辛苦半辈子，攒了五六万块钱，找亲戚们能借一些，但差额仍大。

唉声叹气好多天，世林下了决心。如秀的喜事，就和如川一起办了吧，让志宏父母到家里来一趟，也该商量一下如秀的彩礼了。

几经周折之后，世林家双喜临门，大摆筵席。

回家过年

快过年了，打工的人陆续返回簸箕湾，村里热闹了起来。

春生是焊工，头脑活，肯吃苦，出去一年，总能挣个七八万回家。三年前，锁柱几个有些眼馋，几杯酒下肚，春生答应带他们一起出去。说在省城认识的唐总，手下好几个楼盘，缺熟练工。

不等年过完，春生就吆喝了锁柱、柳娃几个发小，去了遥远的省城。

春生能干，带出去的人有手艺，肯出力。挣回来的钱很可观，大伙儿打心眼里服春生。

春生媳妇桂花也能干，白天去县城一家酒店擀面，晚上骑摩托返回簸箕湾。擀一张面手工费五块，桂花一天能挣近百块。

日子就像春生的手艺，越来越吃香。也像桂花擀的面，越来越有嚼头。

今年春生们比往年晚回来了好几天。不光脸色像秃了叶子的树杈，干巴粗糙，而且腰里还瘪瘪的。往年春生都将钱捆在腰里带回家，他不邮汇，怕"露富"，也舍不得手续费。

桂花紧张了，问，钱呢？

春生脸色很难看，掏出一张纸，甩过来。

桂花捡起，竟是一张欠条，"今欠柳春生工钱柒万肆仟元整。欠款人：唐施焱"。

跟唐总要好几次了，说周转不开，明年再看。春生口气很暴躁，也很无奈。

以前觉得省城颇亲切，恍惚是自己的第二个家。如今春生却领教了远方的渺茫，自己在省城和簸箕湾之间飘来飘去，像一个魂灵，归依无门。

其实春生们已经思忖很久了，过完年后，还去不去省城呢？

"刺"声之后，"嘭—啪"两响，这是爹领着娃在院里放二踢脚呢。

过年了。

锦绣

簸箕湾像要翻天了。

很多人反对，嚷嚷着，喜旺这是要把咱们扔进油锅，还要添几捆柴啊。什么馊主意，歪点子，在外面蹦跶几年，不知天高地厚了！

嚷归嚷，牢骚归牢骚，喜旺却铁了心，没人挡得住。他开始逐家宣传，给乡亲们看电脑上那些花花绿绿的照片，讲他的锦绣规划。

三爷动心了。犹豫着说，要不，咱先试两年？

三爷是村支书，稳重，有见识，也是簸箕湾的旗杆，大伙儿习惯了围着他转。听他这么说，村里慢慢消停下来，像是满树的雀儿，归了巢。遇着事，凡有出头的，其他人总是会选择顺风倒。

在喜旺的协议上，各家陆续签了字，按了红手印。

新的一天开始了。阳光明媚得很，仿佛喜旺的心情。

来了好几台推土机，轰隆隆地，满地转。拣那些边边角角、坑坑洼洼的耕地，往平推。村里老老少少，五味杂陈，挤成堆在看。

播种的季节到了。乡亲们不像往年种玉米、洋芋和小麦，而是在包括川里的水浇地、坪上的旱地、坡上的梯田，近两千亩耕地里，交替播撒了油菜花、薰衣草的籽种。

其实，喜旺在外打拼数年，才下定决心，回了村。

几个月后，簸箕湾一片锦绣。金色的油菜花、紫色的薰衣草纵横数里，连绵起伏，像花的海洋。

游人如织，每天熙熙攘攘，热闹非凡。土炕、农家餐，各家迎来送往，乐开了花。

喜旺说，明年联合一下邻近的村，还有向日葵、金菊，甚至郁金香、鲁冰花，也是可以种的。

簸箕湾真的翻天了。

寻找秦长城

对长城有种特殊的情结，始终藏在心里，像根琴弦，被岁月拨弄着，嗡嗡响，每响一声，心里颤抖一下，许多年了，一直如此。就是因为，我的家乡是秦长城的起点。秦长城自临洮开始，沿黄河而上，向东北至河套，依阴山东行，经山西接燕国北长城，再向东直至辽东碣石。"始皇二十六年……筑长城，因地形，用险制塞，起临洮，至辽东，延袤万余里。"因了《史记·蒙恬列传》所载，寻找秦长城的想法，始终撩拨着我。当年秦国用以抵御匈奴和羌族侵犯的万里长城，如今在哪里？是否雄姿依然？"长城巷""长城湾""长城岭""长城梁""长城坡""城墙岭""墩疙瘩"等，这些长城遗迹或烽燧关隘的名称，像是来自家乡秦长城遗址的苍凉呼唤，不止一次涌入我的耳膜，清晰、雄浑而悠长。直到前几天，对家乡秦长城的探寻，终于成行。

我们一行四人，从窑店长城坡，开始了寻找之旅。出县城往东二十余里，路边碾场的几位老人，指着不远处，说，前面有道岔路，左拐，过东峪沟河，上400多米的山路，就到长城村了。长城村，听到这个村名，我一阵兴奋，似乎前方已经充满了神秘和诱惑。行不多久，一条河流横在眼前，河水浑浊、湍急，像取经途中的一道磨难，令人有些生畏。恰巧一位青年开着农用三轮车过来。看我们在河边犹豫，笑着，喊：水不深，河床很硬实，放心过吧。看他语气不像玩笑，我们硬起头皮，从他手指的线路，徐徐渡河。果然，河水不是很深，刚淹过大半个车轮，片刻工夫，已达对岸。青年等我们过来，又说，是来看长城的吧？最近很多人来看呢，眼前这就是长城坡，上去就能看见城墙了，不远。说完，也不等我们回话，驾着三轮车，突突突地，沿河这边一路远去。

上山的砂路很陡，转过几道弯，仍无长城的影子。一对夫妇模样的老人，在路边歇脚。老汉介绍，眼前就是长城村，山顶不远是长城口。转过两道弯，忽然有两道土梁，像残存的城堡，竖立在道路两侧，三四米高，近两米厚，夯实、墩厚，土层里布满了碎石，上面长满了杂草。土梁是夯筑的，不像是原生土。土梁上下的耕地里，种着洋芋、党参，竟然还有一片紫色的薰衣草。洋芋开花了，淡白色的花朵，飘满了半面山坡。而薰衣草，似乎给土梁一侧涂抹了浪漫而温馨的浓妆。

这两段土梁，该不会就是缘于战国的秦长城？我们谁也不敢肯定，便沿着这段土梁，慢慢走。很快发现了一个界碑，上书"战国秦长城遗址"。心中大喜，果然是我千百回想要寻找的秦长城。可是这个容车辆通行的豁口，仿佛将长城劈为两截。该不是人为损坏或开辟出的通道吧？正怀疑间，坡上有一个小女孩，挥着羊鞭，赶着二三十只羊过来。我们过去问，女孩有些羞怯，声音低低地说，这是长城口，以前就是这样的，再往坡顶走，还有烽火台呢。长城口？这个名称我早已听过，也叫关门湾，宋真宗咸平四年（公元 1001 年），张斌奏破契丹兵，就在这里。望着眼前这段长城遗址，我的思绪竟然像被风吹起的蒲公英，漫天飞舞。三国时蜀将姜维四次伐魏，围攻古称狄道的临洮，不克而还。唐朝时，薛讷等人大败入侵的十万吐蕃兵，等等。就发生在千百年以前的临洮，就发生在我的家乡，发生在秦长城内外。如今，这里早已不闻战马鸣、战鼓擂，不见雄师厮杀、狼烟冲天，没有了血腥，只有绿色的党参、白色的洋芋花和紫色的薰衣草在生长着，祥和而安静。

按照小姑娘的指点，我们又往上走。再越过一道沟，翻过一道梁，一段略有弯曲的土墙，映入眼帘。说墙，似乎有些不妥，因为没有如此厚实、雄浑的墙，它更像一道梁，却没有梁的粗糙和随意。可以肯定了，这又是一段秦长城，残高三米多，宽却不足两米的样子。长城内外，也是耕地，麦苗、玉米竞相生长。看得出，这段长城被两侧的耕地蚕食了，显得单薄了许多。我见过一幅家乡人拍摄的秦长城照片，应该就摄于这里。

其实烽燧就在附近。拐过眼前这道梁，一座高耸的土堆，巍然屹立，像一个巨大的、昂起的头颅。这应该就是烽燧，却也有些营寨或城邑的样子。每隔一里有小烽燧，十里有大烽燧。这些烽火台，不知曾有多少狼烟燃起、阻敌待援，有多少金戈铁马、冲锋陷阵。看似孤独的烽燧，又承载了多少惨烈的故事，供后辈咀嚼。望着眼前这座竖起的烽燧，我思绪澎湃，心潮难抑。缓步登上这座烽燧，周围尽收眼底。一座小小的村庄，零星分布着几十座院落，像一颗颗棋子，沉默无语。顺着烽燧走，还是长城，依山取势，黄土夯筑。不多时，又见一座烽燧傲立。两位老人赶着一群羊经过，见我们举着相机，拍个不停，便站住了脚。很热情地说，总有人来这里看长城呢。语气里满是自豪，我们也被感染了，一边听他们讲长城的诸多传说，一边啧啧地赞叹着，任想象回转千年，古今驰骋，久不能息。太阳要落山了，晚霞像一道帷幔，款款地披在了秦长城孤傲的身上，抚慰着它凝聚了千百年的沧桑、残缺和痛楚。

秦长城的主要功能，其实是防御北方游牧民族南下，保护丝绸之路畅通。丝绸之路在甘肃黄河以东分为南北两线，其中南线沿渭河河谷穿行，与秦长城基本平行，沿线的临洮、渭源、陇西、通渭、静宁、镇原、环县、华池等 8 个县城全部在长城之南。据县志介绍，家乡境内的秦长城遗迹很多，城墙残壁像一条长龙，依山起伏，时断时续，途经新添、峡口、龙门等五个镇，约 90 华里。我忽然涌起一个想法，是否可以这么说，如果没有长城的巍峨，便没有丝绸之路的辉煌？

从长城坡回来，几天之后，我们又相约，去新添三十墩望儿嘴，据说这里是秦长城的西端起首之地。爬上坡顶不久，出现了一座村庄，十几位老人，在一处空地上坐着聊天。我们停车问路。一位老人站起身，热情地说，走，我带你们去，当一回免费导游。一路上，我们和老人聊着关于长城的故事。到达目的地，往一处山坡上行走的途中，我不禁感慨，寻找秦长城的这两天里，遇见的这些热情的乡亲，难道不也是一道道最壮美的景致？

不久，一段秦长城遗址，又出现在了我们的面前。

清白之年

老刘头搬出马扎，坐路边，瞅人来车往。

一块馍，一杯茶，几乎每天都一样。一定要先吃馍，干吃，吃完了才喝茶，浓茶。据说这种吃法对胃好，大半辈子了，老刘头信。其实冬天才好，馍在炉上烤了，焦黄，嘎巴脆。老刘头牙好，几乎每颗牙齿，都尽职尽责，不怠工，不误时。这又缘于他每日早起后，坐炕上，咔咔咔地，叩齿一百下，几十年未间断。

吃完馍，踱出门，坐上半晌。顺手拎出一只暖瓶，满的。三三两两有人过来，拿罐头瓶或塑料杯倒水，嘿嘿笑着，问刘大爷好啊。老刘头叼着旱烟，自个儿卷的，烟雾缭绕。

点点头，也不多话，直往对面看。跟前便蹲了人，随便唠。

靠着一杯水，老刘头结交了很多朋友。

马路对面是劳动力市场，是短工们等雇主的地方。这个市场已经搬迁几次了，短工们在墙内待不住，常溢出来，在街边呼啦啦站几堆，阻了交通，劝阻无用。其实也是，像摊上卖水果，摆在外面的，常被挑了去，搁里边或底层的，瞅不见，哪个肯要？即便你个大汁多，也白搭。于是，短工们像待售的水果，使劲往外挤。这不，遇着小车过来，缓缓停下，摇下窗。一堆人围上去，嚷着我去我去！车内有手指点着，像捣蒜，你！你！还有你！卸砖，麻利点！

这些短工，大多成了老刘头的朋友。

平日没人注意短工，除了雇主，除了老刘头。老刘头起初是闲来无事，坐门前晒太阳，昏昏欲睡。有人在耳边，轻轻探了一句，大爷，能给一杯水喝吗？老刘头像被人从棉花堆里拽出来，浑身使不上劲，只将眼睛睁开，眨了眨。噢。长出一口气，才看清眼前，一个留着小分头的年轻人，满脸堆笑，举着一只空玻璃杯。行啊，你等着。对面就是劳动力市场，这年轻人肯定是打短工的，渴了。老刘头明白。起身回屋，将暖瓶拎了出来，搁脚边。

如此一来二去，老刘头才注意起了这些短工。

其实我舅舅也是短工之一，从20多岁起，就每天骑车进城，蹲在路边，等雇主。舅家在城郊，骑车得一个小时。中午凑合一个馍，或一碗炒面片，黄昏时骑回家。应该有20多年了吧，几乎每天如此。以前短工少，最多见的是麦熟时节，麦客站了一溜，戴着草帽，拎着镰刀、水壶。明眼人说，从镰刀上，就能瞅出麦客的能耐。刀口锃亮，轻薄的，它的主人定是收麦好手。这话是我姨父说的，我见过他雇的麦客，唰唰唰！刀起麦落，干脆利索，除了麦秆断裂声，再无其他响。满额的汗珠，连草帽也遮不住，像脱粒的麦子，往出蹦。让我不由得想起擅使柳叶刀的侠客，刀光舞起，寸草不留。这样的麦客，即使多出几块钱，姨父也愿意请。而那些刀口灰黯，刀把还带毛刺的，多不顶用。枪都擦不亮，能是好战士吗？这也是姨父说的一句话，不但正确，且富有哲理。

舅舅不是个好麦客，自家的麦子，他也没割过几回。他喜欢干的活，是那些卸货、扛煤之类，短平快的营生。记得我家翻建北房时，父亲曾将舅舅唤来，讲明按市场价按月付工钱，以为是给了他挣钱的机会。没料到，一周不到，他不干了。理由是这活不爽，不如短工，三五小时一结算，现力气卖现钱。母亲笑，无奈，其实她早料到了。舅舅和我母亲是同父异母的姐弟，以前受过一些刺激，舅妈其实人挺不错，勤快，能干，但和我的姥姥，也就是舅舅的生母凑不到一块。甚至，母亲说，姥姥和舅妈有一次竟然拳脚相向，舅妈被姥姥捆了，非让离婚。隔不多久，舅妈改嫁。舅舅话越来越少，不愿在家里待着，且特别执拗，绝口不提也不应再婚之事。于是，在我的心目中，舅舅就成了一个木讷、不着家的人。

好几次，我经过劳动力市场，看见了舅舅。他应该也瞧见了我，但马上转过身去，装作没瞧见。好几回，我发现他蹲在老刘头跟前，听别人唠，嘿嘿笑，他应该也算老刘头的朋友之一。

秋慢慢深了，叶子黄了，红了，煞是好看。树下的短工们，衣服脏旧邋遢，脸色黝黑，胡子拉碴，似乎与周围极不协调，却有着极强的生命力。

这些家伙，也不洗一下！这个念头刚冒出来，老刘头就笑了。活了大半辈子，连这也不懂了。衣着干净，面色白嫩，有谁还会叫你！何止这些家伙，连婆娘们，也如此，头巾，粗衣，布鞋，不讲究，不收拾，大大咧咧。婆娘这个词，在当地广泛使用，是中年妇女的俗称，但听起来，似乎总是不那么雅观。但同样是俗称，年轻女人被称作媳妇儿，就顺耳得多。以前好像从没见过女人当短工的，如今却多了起来。女人的工钱，大概比男人的三分之二多一些，按天算，一天也有近200元呢。几年前，我家修房，工匠找不着帮手，不得已叫了两个女短工。扛沙搬水泥，一点不比男工差，还被工匠吆来喝去，骂她们偷懒。我觉得她们没偷懒，便打抱不平，说人家一直干，没闲着。工匠瞅着我，像瞅外星人，还莫测高深地笑，说，要是总闲着，早不让她们来了。

老刘头的朋友们，应该没有女工。他固执地以为，女人就该在家待着，跑出来打工，算啥。女工们来倒水，老刘头不说什么。但要来唠嗑，他不应声，闭目养神。有婆娘私下说，这老刘头，是老封建啊还是瞧不起咱。说归说，没事时，也便不往他跟前凑了。

那个红帽子，孝顺，老娘90岁了，瘫炕上，下不来。老刘头给很多短工起了绰号，好认。这个迷彩服，婆娘走得早，自个儿拉扯两个孩子上学，不易。他，酒糟鼻，有俩钱就喝个烂酒，醉了爱唱秦腔，扶不起的泥。小分头，这小伙精干，惦着打短工，娶媳妇哩。这四个人，和老刘头最熟。还有秃顶，壮实，憨厚。六指，话多，出一次工，雇主家的事就唠个没完。至于舅舅，应该处于老刘头短工朋友的最外缘，点头，问好而已。其实小分头、迷彩服、六指最精明，不跟其他人扎堆儿，大多独自站着。雇主来了，要一两个人，总点名要他们。雇主有时候也怕短工，尤其是扎堆的，要一两个吧，围上来一大堆，挤着，嚷着，挑不了，避不开，逃不掉，烦。

现在的人，懒多了。老刘头常常吁叹，以前呢，像家里买吨煤、搬几样家具这样的活，都是自己扛，哪有花钱叫人的，如今不一样了，稍有重一点的活，都叫短工，劳动力市场因此热闹了起来。下雨的时候，市场内有顶，可避雨。多数短工会进去，也有不少人，不甘心，顶个雨披，仍在路边等，眼巴巴地。当然，还有三五个，像红帽子这几个，下雨天常要挤到老刘头家去。隔窗往街上瞧，有雇主模样的人过来，能看见，接活方便。

平日里，短工们很实诚，讲义气。刘大爷，你家这墙裂缝了，小狗满院跑，该砌个窝啊。小分头的眼睛，总是能瞅见活，三下五除二，老刘头的墙补了，狗有窝了。老刘头心里高兴，还经常从自己身边，给小分头琢磨媳妇，却总没有合适的人选。

以前老刘头话不多，老伴儿去世早，他和一儿一女都在外县工作。

这里是他的老家，老院子以前租给别人，前两年退休了，非要回老家住。儿女们在外面惯了，不愿回来，即使愿意，也丢不开那边的工作。以前这边的老伙计，好多已经走到他前边了，想到这事，老刘头就摇头，直叹时间过得真他妈快。其实老刘头的这些家事，短工们大多已经知晓。

　　说起来，我跟老刘头有数面之缘。他是我姨父的老友，我没事去找姨父，总能碰见他们两个在一起，有一搭没一搭地闲聊。前几天，在我跟前，老刘头唠起他的这些短工朋友，兴致颇高。他说，朋友就是一杯水，清白，解渴。仔细想想，还真是。在我心目中，鳏居的老刘头已经看开了许多事，话多了，精神头足了，一天一天，日子过得踏踏实实，也无忧无虑。

第二辑　光阴·深处

　　最近总是想起村里的事。这座叫张家湾的村子，像一个巨大的摇篮，曾经抚慰了我整整十年。10岁前的印象，虽然不多，但只要存在过的，就成了一个一个柔软的楔子，钉在我的记忆深处。村里有许多故事，就在核桃树下、麦地里、溪水旁、土炕上、打麦场缓缓流淌，多年了，忘不掉。

　　——《村里有故事缓缓流淌》

看时光在走

看老照片的过程，就是让人大发感慨的过程，特别是当无意间看到自己或是别人在多年以前的形象时，这种感慨尤甚。前些日子清理抽屉，数年前的一本影集被翻了出来，打开，第一页便是我们的全家福，一张三寸大小的黑白照片，让我思绪瞬间回到了当年。在这一刻，我似乎清晰而真切地捕捉到了时光走动的步伐。

从照片推断，当年的我也就是五六岁的样子，剃着小平头，半袖白衬衣，黑色的小背带裤，塑料凉鞋，双手笔直下垂，呈立正的样子，站在父亲身前。大妹妹穿碎花连衣裙，短发，和我并排立正站着。小妹妹穿着印有碎花的开襟罩衫，头上扎着三个小辫子，被母亲抱在怀里。一张长条凳上坐着我的父母，父亲穿身中山装，和我们兄妹三人，都一脸严肃，甚至还有些紧张的模样。母亲留着长长的辫子，只有她，表情温和、坦然，面带微笑。拍这张照片时的情形，我模模糊糊地还有一些印象，加上父母的解说，我的思路更加清晰了起来。

和我的推断相仿，母亲说，这张照片就是我五岁的时候拍的，距今已经三十多年了。当时我们家在距县城约二十公里的乡下，平常去县城的机会，大约和过年的次数差不多，除非有不得已的事情，否则是不可能到县城来玩的。这一次好像是父亲到城里有公事，便跟母亲商量，带孩子们一起照个相。照相在当时算是大事的，仿佛要举行隆重的仪式一般，母亲翻箱倒柜，找出我们最好的衣服，这些衣服平常是被母亲细心存放，不能随便穿的。等一个个打扮停当，喜气洋洋准备出发时，才发现父亲的那辆"永久"加重自行车，坐不了这么多人。赶紧去路边站着，准备找一辆去城里的便车，也就是顺路的自行车。说来也巧，村里刚好有人也准备去城里，便央那人捎上我大妹妹。母亲怀里抱着小妹，坐在了父亲自行车后座上，我呢，照例跨坐在了自行车前梁上。我至今记得，小时候的我害怕坐在自行车前梁上，好几次，父亲将车撑在路边，去供销社里买东西，我独自坐在前梁上，一动也不敢动，充当着看车人的角色，既怕车子撑不稳，咣当一下倒了，又怕突然有坏人抢了车就跑。这种既惊又怕的感觉，成了我儿时对自行车最深刻的印象。

到了县城唯一的国营照相馆，母亲又将我们打扮了一番。小妹在家里扎的辫子因为被风刮散了，只好重新梳理，为了使头发顺溜，母亲将唾沫抿在手心，涂在小妹的头发上。这是当时女孩儿梳妆时常用的法子，尽管现在想起来有些好笑。母亲后来笑着说，当时想给小妹扎五个小辫子，因为头发太碎了，最后两个实在扎不起来，数次试验失败后，成功地留下了三个。记得照相师傅手里拿个哗啦哗啦响的玩具，逗小妹朝镜头方向看。然后将头钻进黑布，用手使劲捏了一下那个仿佛是个皮囊的快门，我家第一幅全家福诞生了。

在我儿时的印象中，母亲留着长长的辫子。一直到我上了初中，有一次母亲去我在兰州的姑妈家玩，姑妈说，嫂子你看看，大街上哪里还有像你这样留着长辫子的，剪了吧。好说歹说，才让母亲剪了短发。大妹妹则一直留着像个男孩子一样的短发，性格却很腼腆，遇着村里演戏什么的，常常被留下来看家。小妹妹则一直被宠着，有好吃的，好玩的，似乎总是少不了她。这些记忆，随着这张老照片的被发现，而一幕一幕地闪现出来。

我考上高中后，家里买了一台"甘光"牌照相机，装入胶卷，自己就可以照相了，不过，这台相机不经常使用，因为购买胶卷、冲洗照片也是很费钱的。如今，家里早已经有了数码相机，闲暇时，全家人的形象都留进了相机，可以复制在电脑里，或者制作成视频资料，供大家观赏。在很多家庭里，甚至连 DV 机也不算什么稀罕之物了。不过，当家人在一起，偶尔有谁翻出一张老照片时，大伙儿仍然会非常兴奋，一起热闹地谈论着当年的许多事情，屋里不时有笑声一阵一阵地响起，恍惚之间，我们觉得自己又年轻了许多，也快乐了许多。

村里有故事缓缓流淌

最近总是想起村里的事。这座叫张家湾的村子，像一个巨大的摇篮，曾经抚慰了我整整十年。10岁前的印象，虽然不多，但只要存在过的，就成了一个一个柔软的楔子，钉在我的记忆深处。村里有许多故事，就在核桃树下、麦地里、溪水旁、土炕上、打麦场缓缓流淌，多年了，忘不掉。

摆着从各家拎来的小凳子，另有针头线脑，针织毛衣。农闲时节，村里那棵茂盛的核桃树下，就热闹非凡。《十五贯》《辕门斩子》《闯宫抱斗》《周仁回府》等，秦腔是扯不完的话题。甚至每个情节、每个人物，都被津津乐道。母亲喜欢《周仁回府》，一遍一遍听，一次一次淌眼泪。"妻呀……"周仁跪于坟前，一声嘶喊，能让村子颤上三回。不仅母亲，村里几乎所有的女人，都唏嘘不已。树下的故事，就这样围绕着秦腔，咿咿呀呀，没完没了。行事且端正，善恶终有报，是这些故事持久不变的真理。在不知不觉间，也教给我们这些孩子，许多做人行事之理。

比较粗犷的故事，总是诞生在麦地里。直到如今，70多岁的母亲讲起麦地，仍然笑得前仰后合。后庄那个王婶，裤子上撂了好几个补丁，弯腰锄草时，屁股上一个补丁裂开，露出一丝肉来。背后有后生大笑，幸灾乐祸，追着她瞧。惹得王婶气急，撅起屁股，大喊一声："来看！来看！！"一阵一阵笑浪，肆无忌惮地，霎时要将麦地淹没。王婶的补丁，从此成了村里的新故事，经久不衰。我不知道，王婶在背后，是否悲伤叹息，至少在人前，她始终乐乐呵呵地，听别人讲自己的故事，不争不恼。她肯定知道，大伙儿这是忙里偷闲，没有恶意。村里的男女老幼，几乎都穿着打了补丁的衣服，这不稀奇，也不丢人。村里流淌的故事，仿佛比补丁还要多，上辈传下来的，别庄打听来的，村里自产的，旧的新的，几乎各家都有故事，且各家都要诉说，或喜悦或伤悲。于是，各种稀奇古怪的故事，将村子缓缓地拥在了怀里。

溪水旁，适合那些温暖的情爱故事生长。洗衣是姑娘媳妇的事，溪水边是牵线搭桥的好地方，最适合说悄悄话。张家后生、王家小伙都有故事，这些故事被传播时，往往成了故事主人的化身。孝顺，正直，有胆量，有作为，如此这般的故事，注定是姑娘最喜欢的，侧耳听，脸羞红，嗤笑，泼水。故事之后的故事，也许就是媒婆上门，然后两家互访，瞅黄历，选佳期，摆酒席，拜天地。各家情况差不多，人好，什么都好。我曾经止不住好奇，钻到溪边偷听，结果被她们笑着赶开，连小孩子也不让听。

打麦场上的故事，和麦地里差不多，粗犷，痛快，无遮拦。打连枷、扬场之余，除了说，还有唱。唱的其实也是故事，像秦腔，像西北"花儿"，有情节、有人物、有爱有恨，惹大伙儿哈哈大笑，劳累仿佛一扫而光。"王家的儿看上黄家的女，没事总去那苞谷地。"像这样的"花儿"，张口就来，来了就笑。我一直不明白，人家去苞谷地，你们疯笑个啥。等慢慢长大了，才明白过来，村里人是将自己的爱恨情仇，全都装进这些唱出来的故事里，宣泄出来，也算扬眉吐气。

用土坯搭砌的炕，是故事衍生的温床。尤其是在雨天，外面哗啦啦不停，不能下地干活。或者寒冷的冬天，屋外冰天雪地，炕上热乎乎的，坐满了人。炕上摆了炕桌，吃饭或写作业，奶奶或母亲盘着腿，缝缝补补，故事也自然流淌出来，源源不断。孝顺的、相爱的、申冤的、报仇的，甚至狼来了、白雪公主、桃园结义、大闹天宫，等等，摆了一炕。几乎每个故事讲完，奶奶都要接上一句，说，以后一定要学乖，要做好人，人在做，天在看啊。我们连连点头，奶奶呵呵笑着，挨个摸我们的脑袋。

眨眼 30 多年过去了，当初听过的故事，已经忘得差不多了。但故事在村里缓缓流淌的那段时光，忘不掉。还有，奶奶在每个故事之后的叮嘱，也怎么都忘不掉。

秦腔

秦腔是用宽音大嗓吼出来的，带着西北厚实的泥土气息，如烈性烧酒，直熏得人面红耳赤，情绪高涨。相对于江南剧种的咿咿呀呀来说，秦腔则更多以大江东去的粗犷、悲壮、慷慨、朴实著称。

小时候对秦腔的印象深刻而独特，喜欢跟着父母去剧院，看台上各色脸谱竞相绽放，对诸如《周仁回府》《十五贯》《三滴血》之类的秦腔名段至今记忆犹新，周仁舍妻救嫂的故事更让多少家乡人津津乐道。当时县城就一家剧院，凡有秦腔上演，必一票难求，四乡百姓闻讯，都会携妻带子而来，宛如过年一般热闹。待戏散之后，剧院里哗啦啦吐出万千吵嚷声，喇叭里还经常播出小孩失散的寻人通知，乡亲们便大声招呼着自己的家人，一些热心人四处张望着，说帮着找找，人家小孩丢了。

也不知从何时起，秦腔似乎悄悄地淡出了人们的视线，走几十里路，拖家带口看秦腔的现象越来越少见了。在各地剧团惨淡经营的同时，秦腔票友却多了起来，小广场、公园、茶园等因为小而精致，早已成了票友们每天自娱自乐的场所，板胡、二胡、唢呐、锣鼓一响，票友们便依次破开喉咙，旁若无人地吼开来，周围掌声、喝彩声不断，演唱之人更精神抖擞，引来更多人围观，倒成了小城文化娱乐的一大亮点。

我的父母都喜欢秦腔，特别是父亲退休后，每到下午，便常去几处票友聚集地，一看就是半天，回来后还兴奋地对我们说起，倒让退休后的生活充满了情趣。前些天，父亲摔倒，造成小腿骨折后，整天卧床休息，只能听听收音机，聊以解闷。我们考虑着找些什么事，让父母在家，不止过于无聊。于是就想到了秦腔，恰好岳父家有很多秦腔光盘，上周便拿了三五张过来。几天时间，父母就将这几张光盘看了两遍，母亲连声对我们讲述着《张古董借妻》的诙谐幽默，让我们也非常开心了。

岳母说家里还有好多秦腔光盘，你过来拿吧。母亲说，她喜欢看一些秦腔的经典剧目，对一些新拍的剧目看不太懂。我说，下次多多拿回一些，你们就挑着看吧，想看啥看啥。母亲呵呵地笑了。

逃票

儿时最吸引我的，是驻军一个叫"场务连"的地方。因为那里经常放电影，诸如《小兵张嘎》《闪闪的红星》《平原游击队》等，通常是当天下午，村里就知道场务连要放电影的消息了。大伙儿早早吃完饭，扶老携幼，互相吆喝着，匆匆赶往放映地。放映点设在平坦宽阔的露天场地，白色的屏幕前摆放着很多板凳，是留给部队官兵坐的。板凳后边，或者屏幕背面空出来的地方，乡亲们可以自由观看。有时候，放映点有哨兵站岗，不让老百姓进入，我们只能眼巴巴地向几百米以外的屏幕上瞅，待放映到下半场，哨兵一般会高抬贵手，让大家进去。电影散场时，场上有很多人高声喊着孩子的名字，因为这些小家伙总是要从父母身边溜开，尽量挤到前边去看的。

习惯了在场务连看免费电影，当1979年我们举家迁回县城，发现那里看电影都要买票时，我懊恼极了，因为家里是绝对没有闲钱让孩子们去电影院的。果然，好几年我们都没有看过一场电影，一直到《少林寺》上映。当时这部电影的票非常难买，记得头两天放映时，售票点前简直能挤破头。我是跟着表哥去买票的，因为年纪尚小，只能远远地站在后边看，表哥精神抖擞，冲进售票口那一大堆人里，眼瞅着他一层一层地进去了，不知怎么回事，瞬间工夫，又被推搡了出来。如此进去出来好多次，才买到了几张票。从第三天开始，影院组织观众排队购票，尽管每天有加塞者从足足百米长的队伍里被推搡出来，骂骂咧咧地惹起了一阵骚动，但总体而言，秩序显得井然多了。

买票看了一遍《少林寺》，感觉很不过瘾，特别想再看一遍。就和几个小伙伴商量，打算逃票进去。空手逃票是不可能的，检票口严密得连只小狗也进不去，过期票也不能用，因为每场电影的票面颜色各不相同，只能想别的办法。这个办法还真被我们想到了，几个人集资买了一张票，一个人先拿票进去，溜到影院厕所旁边的那个大铁门跟前，从铁门底下将票递出来。第二个人拿着这张票，再从检票口进去。检票员一般要在票面上撕掉一角，有时候人太多，拥挤不堪时，往往看一眼票，来不及撕，就放行了。就这样，我们五六个人全都混了进去。

可惜好景不长，放映期间，影院有三四个人在查票，查票员手中的手电筒从一排一排座位间搜索过去，逃票的人很容易就被发现了，因为他们没有座位，一般蹲在过道里。我们几个因为个头小，手脚灵活，逃过了两次查票。不巧的是，一名查票员经验老到，竟然不拿手电筒，采取偷袭措施。我们几个都被发现了，一个一个地被轰了出来。我走在最后边，还被查票员在脖子上轻轻拍了一下，好像是说，小鬼头，你们能跑出我如来佛的手掌心吗？虽然被轰了出来，我们仍然舍不得离开，一个个站在影院门口，听着里边传出"嘿—哈！"的打斗声，互相兴奋地猜测着当时的情节，争吵着觉远怎么怎么了，王仁则如何如何了。

好多年过去了，每当想起这次逃票经历，总是让我哑然失笑。那个查票员我认得，已经退休，平日里，我经常见他练太极、登山、散步。

百家本和竹竿笔

儿子放学回家，说，爸，我的钢笔坏了。我奉了圣旨一般，赶紧出去买了一支"英雄"钢笔，另外还买了三五支中性笔，一盒约30支笔芯。我心里明白，中性笔不适合学生用，这种笔尖过于圆滑，是练不好字的，唯一的好处，就是方便，一支芯用完，扔了，换一支即可。儿子说过，大多数同学都在用中性笔，只有我还坚持让他用钢笔。言语之间，似乎有一些不满。我没有给他摆大道理，心软了一下。买的这几支中性笔，是以备他在墨水干了、钢笔有毛病了的时候才用。儿子摆弄着新钢笔，很喜欢。忽然问我，爸，你小时候，也是用这种钢笔吗？我的心里一阵茫然。自己小时候，用过钢笔吗？我努力搜索自己的记忆，很快记起了，自己用过的百家本和竹竿笔。

我10岁那年，上了一年级，课间瞄了一下周围，小朋友们的文具都差不多，书，作业本，铅笔，小刀，文具盒，装在自家缝制的花花绿绿的布包里。作业本除了给老师交的一本，是从商店里买的以外，其他的本子，都是拿那种淡黄色的廉价草纸，或者粗糙的白纸裁剪后，装订而成的。怕把字写歪了，大家都从买的本子上撕下一张，垫在自制本子的页面下，买的本子都印有暗格，语文是方格，算术是横格。这样，自制的本子也便有了虚拟的暗格，写字不至于东倒西歪了。每本作业，正面写满了，翻过来在背面写，只有正、反两面都写满了，才换一本新的。我喜欢从商店里买的那种作业本，可每学期，每家就只买语文、算术各一本，其他本子都是裁剪后装订的。一次我灵机一动，当老师将作业本发下来时，找关系好的同学，从每一位同学的本子上，各撕下一张来，如获至宝一般，整整齐齐地放好，回家装订成了"百家本"，算是又有了一本从商店里买的作业本了。尽管这样讨来的纸张，各不相同，纸张有黄的，有白的，暗格有方的，有横的，但这些纸张的质量却是比自制的好多了，而且还是货真价实的作业本。这个方法很快不行了，因为其他同学也照我的样子，满教室讨作业纸，撕来撕去，谁都学聪明了，打死也不给撕了。

当年最常用的还是铅笔，一支铅笔要写很长的时间。只有当铅笔用得太短了，手里实在握不住的时候，这支铅笔才算完成了使命。后来除了铅笔之外，大家又用上了油笔，也就是圆珠笔。不过，除了一部分人的油笔有笔杆外，大多数同学都是直接用手捏着细细的油笔芯来写字的。油笔芯不够硬，当用劲写字的时候，笔芯会弯曲，写出的字也歪歪扭扭，特别难看。当我有油笔的时候，班上已经有一大半人在用了。记得父亲给我买了第一支油笔芯时，我满心喜欢，捏着它，在本子上认认真真地写家庭作业。父亲瞅着我写字，半晌，忽然出去，将院子里的扫帚拿了进来。我正迷惑呢，他将我手里的油笔芯接了过去，在扫帚上比画了一会儿，从中间抽出一根竹竿来。我越发糊涂了，看他找来菜刀，将抽出的竹竿细细地剁成短短的一截，一端有节，一端有眼。将油笔芯塞进剁好的竹竿里。我恍然大悟，太好了！这支竹竿不就成笔杆了吗！我高兴得差点跳了起来。父亲笑着，说别急，别急。又找来一张粗砂纸，将竹竿细细地打磨了，递给我。这是我用的第一支圆珠笔。第二天拿到课堂上，同学们很好奇，又特别兴奋。不久，大家如法炮制，都用上了这种自制的"笔杆"。竹竿笔一时之间，风靡全校。

待用上钢笔的时候，已经读初中了。如今想起来，那时的钢笔不知怎么，似乎总是漏水。没写多少字呢，握笔的手指已经被染成蓝色了，一不小心，这些蓝色的手指又会碰到作业本上，于是本子又常常被弄脏了，让人好不烦闷。好在学校外面，常有专门修笔的小摊，花上一两毛钱，漏水的钢笔便被修好，或者叉开的笔尖又被换成了新的。平日里，在胸前的口袋里别上一支钢笔，也是挺惹人羡慕的事。有意思的是，很多同学小气，家里明明有墨水，自己的钢笔却总是没吸满。到了学校，找别的同学，笔尖对笔尖的，让吐一点墨水。一时之间，互相讨要墨水，倒成了同学之间关系好坏的标志。

听我说完，儿子笑嘻嘻地，说，爸，你小时候真可怜啊。我也笑了，抚了下他的脑袋，回答他，这不是可怜，是一笔财富呢。看他一脸迷惘的样子，我补充了一句，小家伙，如果你现在不明白，以后会明白的，我们经历过的挫折和困苦，今后都会成为自己的财富。他噢了一声，若有所悟地，点了点头。

怀念鸟啼蛙鸣之声

买了一套商品房，临到举家乔迁的时候，父母却犹豫了，似乎是提前商量好了一般，找出种种理由，不想搬入"铁笼子"一样的楼房，而打算独自留居老宅。我心里明白，父母这是留恋老宅，毕竟这里是我家居住了半个多世纪的地方。

母亲喜欢说老宅的过去，我也早就知道了，老宅是从曾祖父手里传下来的。20世纪40年代，我家也就是三两间低矮的土坯房，周围稀稀拉拉两三家邻居，大多生活贫困。时至今日，父母还在念叨着，说邻居刘某祖上当年以讨饭为生，朝不保夕，如今孩子们都出息了，做当归生意，不说是发了，也算是富裕人家。到了我爷爷这一辈，正逢国家号召城镇居民上山下乡，全家随即搬到了离城20多公里外，一座名为张家湾的小山村。靠着村里乡亲们热情相助，家里圈起了一所院落，建起了五间土坯房，总算勉强安了家。第二年，我出生了，并且在这里生活了整整10年。

到了父亲当家的时候，时光荏苒，已经到了20世纪70年代，原先从城镇落户乡下的人家，又千方百计地申请回城。在母亲的一再要求下，父亲终于下定决心，也开始忙碌着，准备回城。待办完回城手续，回老宅查看时，才发现老宅已经被别人偷占了。好在那户人家倒通情达理，承认这所院落属我家所有。可他们也精明，跟父亲伸手要了好几百块钱的"搬迁费"，并且承诺将种在院子里的五六棵果树留给我们。没想到，他们后来搬家时，并没有兑现承诺，别说果树了，连院墙也没有留下，拆得一清二白，干干净净。

父亲仍然找了张家湾的乡亲，帮我家盖起了七间土木结构的北房。当时我已经十几岁了，记得很清楚，家里好久都没建院墙。宅子眼前就是一汪池塘，邻居们都称作涝坝的。岸边有几棵柳树，长得郁郁葱葱，树上总有许多小鸟，大多是麻雀、燕子之类，叽叽喳喳很热闹地啼叫，特别是每天清晨，小鸟叫得更欢，常常将我从梦中唤醒。白天我们常拿弹弓去打它们，却一次也没打着，惹得小鸟们早就不怕了，对我们的弹弓不理不睬。气得我们扔出一颗石块，小鸟们才扑啦啦飞散开去。傍晚时分，涝坝里响起青蛙的鸣叫，此起彼伏，憨厚而缠绵，一直到夜幕降临，才渐渐淡去。仿佛一段好听的故事，情节虽然结束了，余韵仍然在心头袅袅徘徊，令人回味。鸟啼蛙鸣之声，就成了我童年最深刻、最值得怀念的记忆之一。遇着天色晴朗，小伙伴们光着屁股，跳进涝坝里，狗刨、仰泳什么的，撒着欢儿地游来游去，惹来岸上一阵笑声。

过了没几年，不知是哪里的人家，将涝坝用土填平，新建了两三座院落，连柳树也被伐了。鸟啼蛙鸣之声从此离我而去，了无踪影。周围院落里地下水位变高了，屋里变得潮湿而阴冷。逼得父亲东借西凑，又筹钱填高了院子，翻建了房屋，这次翻新，北房是砖混结构，一溜红砖砌起，倒也气派，以后又陆续建起了东房、西房和南房，成了名副其实的四合院。邻居们也纷纷翻建或者新建。仿佛一夜之间，周围建起了很多房屋，满满当当的，再也没有了哪怕一丝空地，仅留一条羊肠巷道，在许多个院子中间穿梭。

近几年来，县城新建了许多个居民住宅小区，楼群林立，有花有草，有水有树，显得整洁而方便，舒适又惬意。像我家老宅这样的地方，已经显得低矮、琐碎，下水不通，该到拆迁的时候了。不过，和父母留恋老宅一样，我也对童年时代，这里有过的鸟啼蛙鸣之声，充满了怀念，尽管我心里明白，当时那种恬淡、轻松的田园感觉，已经一去不复返了。

奶奶睡着了

走到街上，发现到处都是卖"摇钱树"的，才恍然明白，清明快到了。清明是一个令人伤感的节日，但有时候也透着一些快乐，因为在这一天，我们似乎可以和逝者进行一些心灵的对话，可以想起过去很多美好的时光，逝去的记忆在默默地流淌着，生者的心底也会悄然升起一丝温暖、一些感慨。

所谓"摇钱树"，是一种用黄纸剪裁的、状似灯笼的祭品。一个一块多钱，拿根小棍撑起，插在坟头上，遇风飘摇。老人们说，风吹树动，会掉落无数纸钱儿，供坟中之人享用。老人们的说法或许只是商家的一种促销手段，而这种祭品真正的用途，我认为是以此告诉生者或逝者，长眠于此的人，还在被生者所记挂着、惦念着。看似很孤独、很荒芜的一座坟茔，也许深藏许多我们平素鲜见的故事和情感吧。

每年清明前，我都会买棵"摇钱树"，沏杯新茶，拿些祭品，去给爷爷奶奶上坟。坟在乡下，驱车20分钟即可到达。这里是我儿时生长过的地方，几十年了，村里似乎没有什么变化，依旧是那条向远方延伸的土路，依旧是熟悉的院落、朴实的乡亲和暖人的问候，让人不经意间多了几分惬意和舒适。爷爷奶奶的坟在一处小山上，四周光秃秃的，没有树木，隐隐透着些荒凉。待插上"摇钱树"，烧完纸钱儿，奠些茶水之后，我恭恭敬敬磕三个头，心里默念，爷爷奶奶，孙子看你们来了。

爷爷去世早，我基本上没有什么印象。奶奶享年 72 岁，去世时我10 岁左右，许多年来，关于奶奶有限的记忆萦绕心头，始终挥之不去。

和当时许多农村老太太一样，奶奶缠着小脚，穿黑色的大襟粗布服和大腰裤子，戴着无檐帽。闲暇时，衔口长长的水烟瓶，呼噜噜、呼噜噜地抽，很陶醉很满足的神情；每天早上起床后，照例会煮"罐罐茶"，就是将茶叶放进一个搪瓷茶缸里，放在火炉上煮，跟熬中药似的，待茶味完全释放后，倒入杯中，就着馍馍饮用。茶缸里续上水，继续在火上煮，如此这般。每天用早点的时间约为一小时。在我的记忆中，以上两样，是奶奶坚持不懈的功课。我曾经喝过一次那茶，入口极苦，也跟喝中药一样，让人吐之不及，之后再没享用过，但奶奶就这样，一饮就是许多年，直到去世。

小时候，我每晚陪奶奶睡。奶奶身体不好，夜里常咳嗽，咳嗽起来就呼吸急促，上不来气，好像还哪儿不舒服，经常会呻吟着喊醒我，让我给她倒开水喝，水里还要撒上少许盐。等我睡眼惺忪地下炕，将盐水端到跟前，她喝过后，会慢慢平静下来，然后继续睡觉。奶奶常夸我，说孙子孝顺，夜里经常侍候奶奶呢。我听了，心里自然美滋滋的。

平时奶奶最疼我，我当然也最能折腾她了。记得一天早上，奶奶在烙馍馍，我非要吃油饼。她不答应，我就用脚去踹奶奶那边的被褥，一直将她的被褥踹成一堆。奶奶上炕铺平，我再踹成堆，反反复复几次，直到奶奶答应了烙油饼，我才破涕为笑。还有一次，我和村里几个小孩玩，不知怎么就被人家欺负了，哭着跑回家。奶奶大怒，提起一根棍，踮着小脚追出去，找那个小坏蛋一顿怒骂，吓得那小孩以后再也不敢欺负我了。

　　奶奶去世前一天晚上，她把我叫到跟前，一直紧拉着我的手。我还不知道是咋回事，看大人们很严肃的样子，也便乖乖地让她牵着，一直到很晚很晚。第二天早晨，我正在写作业，忽然有好多大人进来，搬桌抬凳子什么的，说奶奶死了。我跑去看，奶奶像往常一样在炕上躺着，脸上很平静，睡着了一般。我和妹妹还不知道什么叫死，后来看爸妈在哭，说奶奶以后再也不回来了，我才跑到屋外，哽咽着，偷偷地哭了，眼泪不由自主地，哗哗流了出来。

　　若干年后，正在读初中的我，由于自恃读了几天诗歌，便将奶奶写进了诗里。"总是难忘奶奶压抑不住的呻吟长长地 长长地 / 撕扯我童稚的祝福任痒痒的清泪无声滴落 / 总是难忘爸爸轻声的叹息搅得人心头好乱 好乱 / 怦怦心跳如雨打湖面闪烁朵朵湿润小花。/ 总是难忘孤独的雨夜手捧盐开水给您一杯安慰 / 喘息着笑笑您颤抖的手接住我低低的啜泣 / 总是难忘讨厌的鸡鸣常常夺走您摆脱病痛的梦境 / 早早地起来挪动迟缓的脚步给我们烙饼脸上挂着笑。"文字虽然稚嫩而粗浅，情感却真挚而深厚。

　　如今，爷爷奶奶的遗像供在屋里的柜子上，栩栩如生，似乎在静静地望着我们。我每次回望时，冥冥之中，似乎总能感觉到与奶奶在无声地交流。同时，又总能让我记起关于奶奶的这些事，尽管非常少，却铭记我心。

被困住的瓢虫

　　有一段日子，我觉得自己是一只七星瓢虫，在天地间任意飞舞。城市宛若一片片树叶，在阳光下美丽地晃迷了我的眼睛。这样的向往很理想，也很惬意。直到我被一片叶子困住，万般无奈，窘迫无依，才感觉出了叶子的不可靠。

　　这片叶子，叫烟台。

　　1992年，我在莱阳某部队服役，任机关打字员，每天和那部老掉牙的"双鸽"打字机为伴，在庞杂的铅字字盘中搜索着，敲打着。忽然传言，说师部给我们配了一部"四通"打字机，可能派我去学习电脑打字。这可是天大的喜讯，以前曾经在打印店见识过电脑打字的方便快捷和新鲜有趣，没想到自己也即将用上这现代化的玩意儿了。命令马上下来了，我和兄弟部队一位叫李中的上士收拾行装，去烟台芝罘区水产研究所电脑打字学习班报到，接受为期一个月的培训。

　　临走时，部队给我们每人预支了1000元钱，说吃住足够了，培训费已经商量好，待结业时交清。到了目的地，递上介绍信，各领了一台崭新的四通打字机，马上开课。十几天后，有人找我们过去，让每人交住宿费、培训费共 700 元。我们傻眼了，说不是事先讲好结业后再交吗？他们解释，说以前可以事后交费的，但好多欠账至今收不回来，只好提前收费了。我和李中面面相觑，无奈之下全额交清。此时，两人兜里总共不足 200 元。

进入秋天，树叶开始落了，看似美丽，却是凋零。

之前每天人均 20 元的开销，还能时不时改善一下伙食，炒菜啊水饺什么的，生活倒也滋润，这下子，不足 200 元要支撑半个多月呢，形势有些严峻。烟台离我们部队有 100 多公里远，且部队电话是军线，轻易打不进去，一切只能靠我们自力更生。商量后，将钱集中起来，由李上士保管，生活开支精打细算，希望能支撑到结业，炒菜和水饺是不能再享用了，街上最价廉物美的便是兰州拉面，当时一碗好像两块多钱。除了早点两个馒头外，午餐和晚餐基本全是拉面。令人沮丧的是，一顿饭一碗拉面吃不饱，每人得来上两碗，算起来两人每天伙食费近 12 元，应付 20 多天应该够呛。记得在面馆里，遇过临桌几个地方上的女士，饭菜摆了一桌，看我们吃得简单，三番五次热情地招呼我们过去同吃，令我们羞愧难当，连声说我们饱了饱了，一连声地谢绝后，逃出餐馆。

临培训结束还有一周时，李中说，没钱了，咋办。这时候宛如置身一座孤岛，四面汪洋，我这样一只被困住的小小瓢虫，如何飞得出去？此刻的我，不由得想起读西奥多·德莱赛的《嘉莉妹妹》，嘉莉初到芝加哥，举目无亲，漂泊街头，身上的盘缠越来越少，求职时连连碰壁，连吃饭住宿都难以为继。而我们，正和嘉莉一样。

我们就此断了炊，却想不出一点办法。

当日晚饭和次日早点，我们硬是以水抵饭，在宿舍里不停地喝水，粒米未进。中午时熬不住了，觉得这样硬熬可不是办法，还有一周时间呢，总不能天天灌水吧。经过仔细商量，打算去找人借钱。到这个时候，才发现借钱这种事真是让人羞于开口，可如果再不有所行动的话，该前胸贴后背了。我们做了分工，李上士找班上的同学借，我去找授课老师借。不管谁借到，都作为两人共同的伙食费。课间休息时，我们分头行动。

我到了授课老师的门前，徘徊许久，数次打算敲门，又数次缩回了手。这事无论如何都让人开不了口。犹豫了好长时间，最终也没有付诸行动。

不想李上士已经过来，兴奋地大喊"借到了！借到了！"。

我如释重负："这么快？"

"找了那位邮政局的女同学，刚一开口，她就爽快答应了，借给我们100元。"

这像一抹阳光霎时灿烂地照进我们阴郁、沮丧的心。兴奋之余，我觉得自己快乐得像要飞起。却又忽然觉得，自己怎么就跟《围城》中的方鸿渐似的，百无一用呢。这100元钱帮了我们的大忙，一周后，培训结束，我还在结业考试中，得了打字速度第三名的好成绩。部队参谋长如期来接我们，我们赶快给那位同学还了借款，一再表示了感谢。

好多年过去了，那位烟台的女同学或许早就忘了两个穿着水兵服的战士，可她这一次的信任和帮助，却深深地烙在了我的内心深处。

因为这段窘迫的经历，烟台于我而言，也变得不同寻常。

林荫深处

　　进入营门，大约 200 米笔直的马路，两边栽着法桐树，安静地注视着，从眼前经过的一个个"流水的兵"。20 年前，我曾经无数次经过这里，却从未深切地端详过。直到如今，我忽然发现，自己竟然如此依恋、如此怀念这条林荫道，怀念林荫道深处那座整洁秀美的军营。

　　沿着法桐林荫道走进去，向右拐弯，就进入了我工作和生活的地方。两排灰色的两层楼房，掩映在高大、繁茂的树丛里，我工作在北楼，生活在南楼，中间隔条马路和一个篮球场。每天早晨，起床号响起，我和其他机关干部、战士一样，起床、洗漱、跑步完毕，拿碗筷去远处的食堂就餐。然后按时去对面的楼里上班。晚餐后，除了冬季，我们提前在卫生间水池里蓄满水，便抱起篮球，去球场玩，直至月上林梢，瞧不见球筐，才收兵回屋。脱光了衣服，冲进卫生间，嗷嗷叫着，冲一个爽快的凉水澡。然后看电视、读书，或玩扑克、聊天，待熄灯号响起，各自回屋歇息。

　　这样的作息，陪伴了我整整三年。不仅是朝夕相处的战友，让我怀念至今。即使是营区里那些曾经非常熟悉的地方，哪怕是一处草坪、一座楼、一间房、一把椅子，也让我每每想起，便油然而生向往、眷念之情。

在营区的中央，是部队礼堂。我在这里看电影、听报告、拉军歌，曾经笔直地端坐着，听值班军官口令，和全体战士一起，"唰"一声脱帽、置于右手掌心，如此干脆、整齐，让人骄傲。出了礼堂门，眼前便是绿绿的足球场，地毯一般的草坪，使人不忍落脚、奔跑。和我们宿舍楼隔条马路，并排站立的，是首长生活区。我忘不了，在那个雪特别大的春节，参谋长将我们几个没回家的机关战士请去，晚上吃他和妻子为我们包的水饺，早晨尝他们做的黑芝麻汤圆。这是我记忆中最好吃的水饺和汤圆。

营区的最西端，是几幢红色的小楼，显得格外显眼。这是"将军楼"和部队招待所。将军楼对我们而言，始终充满了神秘。而招待所，同样惹我们注目，因为那里经常会有一些著名的军旅人士在此逗留。我同样忘不了，在一次会议期间，曾经有一位住在招待所的海军中校，好像是解放军艺术学院的教授或讲师，到过我所在的打字室。说他读过我的小说，对我很感兴趣，让我晚上去找他聊聊。而我却始终没能鼓起勇气，去敲开他的房门。事后，战友们纷纷怨我，说你不会错失了一次去军艺深造的机会吧？当时我已在《昆仑》杂志发表了好几篇小说和散文。战友们的埋怨，让我也非常懊恼，虽然我明明知道，这样的假设，似乎是不大可能的。

进了北楼，右边是政治处，左边是司令部。我的打字室，就在司令部里，军务股隔壁。最初是两台"双鸽"牌铅字打字机，后来更新了一台"四通"打字机，让我有了一次外出学习的机会。我始终记得，打字室的业务总是很多。在最忙碌的时候，参谋长曾经交代我，所有需要打印的文稿，都按照他签字的顺序打印，那些没有他签字的任务，我可以拒绝接受。我明白，这其实就是参谋长给我的"尚方宝剑"。有了这把尚方宝剑，来找我打印文稿的参谋、干事们，见了我都特亲热，"小张""张～"地叫个不停。干部科的周干事，还多次嘱咐我买上几包方便面当作"加班夜宵"，把发票给他报销，以此来"贿赂"我呢。1991年底，我荣立三等功一次。当军功章戴在胸前的时刻，我明白，这与其说是自己的骄傲，不如说是机关首长们对我的肯定和爱护。

营区内各条马路旁，仍然栽种着高高的法桐树，还竖立着几个宣传栏。宣传科向我约稿，让写一篇小小说，供宣传栏用。我答应下来，创作了一篇《荣誉》。宣传科另找了几名战士，将这篇小小说排成了小话剧，将话剧照片贴在了宣传栏里。围观者很多，我也收获了属于自己的荣誉。

多年过去了，当年营区的一楼一路、一草一木，不但从未在我的脑海里淡薄，甚至越来越浓，浓得像一曲沁人心脾的歌，虽曲终人散，仍余音袅袅，占据着我内心最柔软的角落，温暖着我。

山东莱阳，就是我久久怀念的地方。多么希望，能有旧地重游的一天。如果有再次踏上那条法桐林荫道的机会，我不敢保证，自己会不会泪流满面，感慨万千？

劳作就像一只碗

大姨的一生，几乎都在劳作。

从我记事起，大姨全家就起早贪黑地干着体力活。最早开始，一家人做豆腐，我见过好多次做豆腐的场面。大姨推着磨，在一间小屋里一圈一圈不知疲倦地走着，磨眼里不断有新鲜豆浆流出。之后姨父站在高高的磨盘上，将豆浆结成的豆腐花倒入铺有白布的木格筐，用力压榨，挤出多余水分，手工豆腐就算完工了。那些年我们喝豆腐脑、豆浆都是免费的。隔几天就拿一口小铝锅，去大姨家端回满满一锅豆浆或豆腐脑，够全家人喝上两三天。

大姨家当年买了一台14英寸的黑白电视机，我们全家晚饭后常去串门。围坐在暖暖的土炕上看电视，《铁臂阿童木》《排球女将》《武松》等，这些电视剧、动画片之类，都是在大姨家看的。当时二三十个人围坐一屋，兴高采烈看电视的情景，至今犹在眼前。四五年之后，大姨家买了一头驴，推磨的活儿就交给它了。大姨高兴地说，有了这头驴啊，做豆腐就轻松多了，再也不用我一圈一圈地转悠，以前推磨让人腰都直不起来了，如今仍有些后怕呢。

后来大姨家不知为什么再不做豆腐了，我从来没问过父母，很大程度是姨父年纪大了，对这种体力活已经力不从心。之后我再也没见过大姨家做豆腐的情景，去串门的机会也少了，因为我家也买了一台黑白电视，不用再跑去串门。晚饭后，一家人围坐在自家电视前，津津有味地观赏，不过去大姨家看电视的事仍然被我们无数次提及，用来发些感慨。这些感慨里当然有些骄傲的成分，毕竟我们家的电视是18英寸，比大姨家的要大呢。

这期间大姨全家就靠耕种庄稼度日，他家的承包地离县城不远，骑自行车十几分钟的路程，每到麦收季节，我们全家经常利用周末去帮大姨收麦。骑着两三辆自行车，拿着镰刀，戴着草帽，以及馒头、水壶之类，从早晨五六点钟动身，早早来到麦地。大人们一溜儿站开，每人四五米范围，蹲身，右手握镰，左手拢麦，只听见嚓嚓嚓响，小麦一排一排倒下去，被捆成束，堆成垛。我们几个小孩刚开始还争先恐后地拿手拔麦，时间不长双手就酸痛无力，嘴里哎哟哎哟呻唤了。大人们呵呵笑着，说干这么一点儿活儿就累趴下了？不用拔了，去拾麦穗吧。

拾麦穗，是我童年时期特别温暖的记忆。这活儿容易，也需要细心，我们跟在大人身后，看地上有掉落的麦穗，赶快抢着捡起，还时不时要比试比试各自的战果。一股淡淡的麦香，比起花香的冶媚而言，显得质朴而真实，直往人鼻孔里钻。刚刚割倒的麦茬，根根直竖着，我们穿着布鞋，踩上去嘎嘎响，宛如足底按摩，力道不轻不重，有些痛，有些痒，有些舒服。一边拾穗一边享受足疗的乐趣，被我们嘻嘻哈哈地享受着。歇下来时，姨父会去附近买上几个西瓜，切开让大家吃。这可是我们的强项，大人们往往只吃一两块，其余的总是被我们一扫而光，直到肚皮圆滚滚的，打出嗝来都是西瓜味，实在吃不下了才肯罢休。如今，大姨家耕种的这块田地，早已经高楼林立，成了住宅小区，听说他们还有几亩耕地，在离县城很远的地方。顾不上耕种，又转包给了村里其他人。

前些年，大姨家又买了一台磨面机，每天轰隆轰隆给大伙儿磨面，挣些工钱。据说这活儿还挺能挣钱，大姨全家常常忙不过来，特别是麦收季节，庄稼人每家都要磨上几百斤小麦的，更得起早贪黑，甚至牺牲些吃饭和睡觉的时间。大姨已逾七旬，虽说主要劳力已经是儿子了，可每天忙前忙后的琐碎活儿，就让两位老人歇不下脚来。我曾经问过，为啥不找个帮手呢，你们也该歇歇了。大姨说一时半会儿也找不到合适的，以前找过两个，做起活来马虎不操心，态度还生硬，把好几个老主顾都撵走了，不得已辞了，自己干，虽然辛苦些，可生意兴旺，想来还是值得。

在我心目中，劳作像是一只碗，盛着大姨全家的柴米油盐。直到有一天，这只碗突然豁了一个口，裂了璺，伤了大姨全家。

三年前，大姨出事了。

去医院探望，大姨躺着，手上包着厚厚的纱布，只有大拇指和食指孤零零地露在外面，食指有些红肿，大姨用另一只手比画着，说就剩这两根手指了。

我们不知道该如何安慰，便问怎么这样不小心。姨父在旁边插话，说当时正在磨面，大姨发现机器里有几粒石子，不取出的话也许会磨进面粉里，或者损伤机器零件，就用戴着厚重手套的右手慢慢探进去捡。以前这样的事也时不时遇到过，也是用这样方法慢慢捡拾出来的。可这次也就一刹那，手套触到了高速旋转的齿轮，唰一声将手带入进去，赶紧往外抽，机器上已经全是鲜血。在场的人惊呆了，手忙脚乱地简单包扎一下，搀着大姨往外跑，拦了辆出租车，直奔医院。这期间大姨一直高举着这只断了三根手指的手臂，任鲜血一滴一滴流下。在急诊室候了不久，就被推进手术室。

大姨在医院住了个把月，从腿部给断指植皮后，又观察了几天，看长势正常，似无大碍时才出院。母亲去家里探望，两人唠了很久，回来后，说大姨的手时不时还疼，需要涂些药水，说手上暴皮很多，没有了三根手指，整个手变得特别小，显得拇指和食指又特别长，冷不丁看到，瘆得慌。大姨说恍惚之间，数次以为自己的手指仍然健在，不自觉触摸，才明白过来，黯然神伤。她说这下子该彻底休息了，除了动动嘴，走走路外，就没有什么能让自己干的活儿了。母亲说，大姨说这些时，言语和神情有些凄然，仿佛卸掉了一副重担，有了些许释然，又似乎遗憾和失意更多，毕竟大姨一生辛劳，突然让她悠闲下来，恐怕也不适应。照我看来，伤势恢复后，她定然还会忙前忙后，即使不用手，那家里操心的活儿也有很多呢。母亲叹息一声，这样说。

欣慰的是，一生劳作，历经坎坷，大姨一家却始终幸福而知足，谈及人情世故，从无怨言。仅此一点，就让我肃然起敬。

年味儿

火红的灯笼沿街挂出去，春节仿佛一位身着大红衣裳的女子，渐行渐近。许多年来，除了包饺子、吃团圆饭之外，给我印象最深的年味儿，就是扫舍、贴对联和耍社火了。

扫舍

扫舍的意思，其实就是打扫屋子，就是年底大扫除。北方叫"扫舍""扫房"，南方称"掸尘"。

按照家乡的习俗，各家于春节前，都要对照老皇历，择日彻底清扫一次房屋。扫舍那天，全家人早早起床，先将屋里的衣服被褥、坛坛罐罐、大小摆设等一干物件搬出，然后用一把新扫帚，将屋里屋外细细扫净，最后将各物再搬回屋，洗净擦亮，即大功告成，可以干干净净、清清爽爽过年了。听老人们说，扫舍其实还有更深的寓意，就是通过彻底清洁房屋，可以将积聚一年的阴霾、晦气、穷运逐出屋外，新的年月，健康快乐等舒心之事就会接踵而至，伴随全家。由此看出，扫舍在很大程度上，寄托着乡亲们对来年生活的美好愿望。

小时候，扫舍对我们来说，是件快乐的事。不仅仅表示着马上要过年，可以放鞭炮、穿新衣、收压岁钱了。更重要，也更让我们充满期待的，是在扫舍时，不时会有一些意外的惊喜出现。如一件久寻不着的玩具，忽然就出现在眼前，那种失而复得的感觉，令人惊喜异常。有时甚至会在某个旮旯里，捡拾到一毛、两毛的零钱。大人们一般都会说，谁找到的就归谁吧。当时的一两毛零钱可是大有派场的，可以在伙伴们面前炫耀几天，去买上一本小人书，或者一件小玩具，或者买几粒糖果、几小卷酸酸甜甜的果丹皮，足可让别人羡慕一两个月了。由此，每年扫舍时，我们兄妹三人总是争相早起，乐颠乐颠地搬这搬那，同时睁大双眼，在屋里各个角落间搜寻，一旦谁有风吹草动，便赶紧拥过去，希望自己也能分得一杯羹。父母便笑着，任由我们喜悦和激动。

扫舍的时间一般得持续整整一天，中午饭顾不上做，全家老小，大都泡一杯茶、啃几口馍馍，凑合凑合即可。待将各个屋子、所有的家具和衣服扫净、洗净的时候，天已黄昏，赶紧又往屋里一件一件地收拾东西。至此，我们往往已经疲惫不堪，寻找失物、钱财的机会也已经过去了，扫舍在我们眼里，再无新鲜感可言，便想尽办法偷懒耍滑头。大人们辛苦一天，也早就累了，何况又需要我们的帮助，往屋里收拾一些小物件。每当这时，他们会给每个小孩分配一些工作，再提出一些比较诱人的物质奖励。我们也就乐乐呵呵地，又开始忙里忙外了。所以，扫舍对我们来说，始终能够得到一些好处。这些好处，在平常的日子里，是极少能够得到的。

直到后来，我们私下里才有了一些怀疑，当年那些一毛、两毛钱的惊喜，说不定是父母故意留下，让我们开心的吧。

随着年岁渐长，对过年的企盼开始减少了，扫舍的乐趣也逐年消减。

近几年来，每年扫舍时，大家开始雇用专业的家政人员，来家里打扫卫生，既省心省力，又方便快捷。不过，父母仍然坚持着每年的扫舍，都由自己来做。进入腊月以后，父亲总会拿本老皇历，查找扫舍吉日，通知全家开展大扫除。就拿今年来说吧，尽管我很随意地建议今年扫舍该适可而止，不必大动干戈了。但父母仍然坚持要彻底地清扫一遍。中午下班回家，院里照例垒着从屋里搬出的各样物件，父母和已经放假的妹妹穿着干活时的旧衣服，按各自分工，已经辛苦半天了。各房间大致扫除干净，剩些洗洗刷刷的尾声。母亲让我换衣，加入他们的行列。我看着依然乱糟糟的屋里屋外，满口答应下来，提着扫帚进了厨房。

累了一天，等歇下来，才又忽然想起，像这些扫舍之类的，不知有多少童年的快乐和记忆，在岁月的齿轮下，已然慢慢淡泊而去，悄悄流逝。

贴对联

印象中，春节带给我的快乐，无外乎放鞭炮、年夜饭吃饺子、收压岁钱这三件事。而父亲看重的，除了年夜饭，似乎就是贴对子了。对子是家乡对春联、对联的别称。很长一段时间里，瞅着父亲选对子、品对子、贴对子的认真样，我很不以为然，不就是两条红纸，写上若干个字，贴在墙上嘛，有啥可稀罕的。

每年进入腊月，有人早早地在街上铺开摊位，挥笔写起了对子。看这些写对子的人，以老年人居多。其中两位，留着长长的、像雪般洁白的须发，铺开鲜艳的红联，挥毫泼墨的样子，何等洒脱、豪迈，引来不少路人观望。没多久，近百米的一段人行道上，就挂满了鲜红的对子，仿佛火焰一般，舞动着喜庆的模样。在这些对子摊前，父亲总喜欢逗留，一副一副地瞅着，念着，时不时还赞叹一声，好，好。平日里，每当路过贴有对子的大门，父亲都会不自觉地停下脚步，读一读，然后继续前行。而且，每年除夕时，当我取些面粉，在铁勺里烧了糨糊，准备贴对子时，父亲总要跟在旁边监督，告诉我哪是上联，哪是下联，千万不能贴反了。如今想来，若不是读初中时，父亲让我也写一副对子，贴大门上过年的话，或许我怎么也不会将对子放在眼里，怎么也不会明白父亲喜欢对子的缘由。

在父亲的督促下，我曾经练习过几年的毛笔字。大概是我初中二年级的时候，父亲买来一张红纸，裁剪成条，让我写几副对子，从其中挑选一副贴门上过年。这份工作吓了我一跳，就自己的那几个丑字，能拿得出手吗？没想到父亲不容推托，一定要我写。还从兜里掏出一本书，递了过来。当时课外读物很少，凡印有字的书，不管是啥内容，我都要读上一遍的。细看，是一本"春联大观"。随手翻阅间，我忽然发现，书上各种内容的对子，既喜庆，还朗朗上口，妙趣横生，加上一些联想的话，还可以当作故事书来读的。没用多长时间，我便将这本春联大观从头到尾读了一遍，尚意犹未尽。至此，我方才明白，对子里原来蕴藏着丰富的内容，值得细细品味。

我写的对子，虽然特别难看，但父亲仍然挑了一副，贴在了门框上。而且，每当有客人来家，父亲总要兴冲冲地，向来人介绍。尽管我已经羞得无地自容，涨红着脸，溜出门去了。

这是我写过的唯一一副对子，尽管内容早已忘记了，但自己当时的窘态和骄傲，我依然记得。也就是从那时候起，我也喜欢上了对子，也喜欢在别人家门口，伫立片刻，瞅瞅门框上的对子，感受一下主人家的喜庆了。不过，我的毛笔字却半途而废，没有坚持写下来。如今，除了握笔姿势还值得一看，写出来的字，已经不堪入目了。

耍社火

家乡盛行耍社火。所谓社火，就是像南方舞狮子一类的群众娱乐方式。大多在春节期间，敲锣打鼓、浩浩荡荡而来，后边总有长长的一群人，追随着观看，如果有单位或个人想接社火，在自家门前燃放一串鞭炮后，社火便停歇下来，专在此表演，舞龙入门，腾挪跳跃间，表示福气喜气亦随之入户了。表演结束，主人便拿出一定数量的礼金或烟酒相谢。礼金分几十或几百元不等，主要看社火的规模，由主人和社火的组织者协商而定。由此，社火也算颇具地方特色的一道文化盛宴。

社火表演的人数不限，节目主要有船姑娘、舞狮、秧歌、太平鼓、踩高跷等。舞狮、太平鼓以力见长，秧歌、船姑娘以笑取胜，踩高跷则以险著称，刚柔交替演出，观众情绪也随之抑扬。诸节目中，船姑娘应该算是很独特的，情节大约是说一个小媳妇和媒婆坐船回娘家，中途船搁浅滩，媒婆指手画脚，船公跑前跑后忙活，终于使船继续前行的故事。媒婆是大红脸蛋、满脸雀斑的小丑类装扮，举止之间尽显平民幽默。尽管每次的情节和表演大同小异，可观众们仍兴趣不减，时时报以喝彩声和掌声。

值得称道的，是近年来一些老年人表演的节目也加入了社火的行列，如秧歌和吹奏等。六七十岁的老人们身穿大红衣裤，吹拉弹唱，载歌载舞，为社火增添了几多亮丽、几许新意。我曾经和几位参加社火队演出的老人交流，他们说每天忙忙碌碌，虽然很累，心里却很舒畅，几天不活动，心里很失落。曾见到一个类似船姑娘的节目，将彩船改为手推彩车，四位年逾花甲、满头白发的老太太，穿红挂绿，胸前系条围裙，上写"宝宝"二字，在四辆彩车前扭着秧歌，旁边是丑角装扮的老夫老妻，边跳边拱手，说给大家伙儿拜年了，虽然我们两个长相不咋地，可我们的这四个宝宝漂亮吧？另一个说，别在这儿现眼啦，超生游击队吧？观众哄笑四起，场上表演就更欢了。

以前除了比较正规的大型社火外，还经常有几个或十几个小孩组织的社火，两三节龙身，一个鼓，一个锣，叮叮当当，走街串巷，看谁家大门没锁，便闯进来，拿着龙身舞弄一番，从主人家讨几块钱、几斤点心足矣，俗称抬门社火，是小孩们靠自身劳动挣压岁钱的方式。如今，这类社火已经很难见着了。仔细想来，社火其实是表达群众思想和情绪的一种方式，代表了大家对美好生活的美好向往。

跳火把

凡事其实都有始有终，张弛有度，就像过春节，除夕时阖家团圆，围坐一桌吃年夜饭，尽享天伦之乐，待欢快舒心地幸福了半月之久，到了正月十五元宵节之时，又该以各自的方式送年了。在我的家乡，大家最普遍的送年方式，就是跳火把。

跳火把其实很简单，就是在一根诸如向日葵杆之类的随便什么棍子上，扎一圈麦草以作为火把，待元宵节晚饭后，点燃火把，举着在各屋转悠一圈，将火把扔到大门外事先堆好的一些麦草上，然后家里每个成员，甚至邻居、乡亲，都要从这个火堆上跳跃过去，仪式即告结束。听老人们讲，火把出屋表示晦气出门，跳过火把表示病痛出身，跳火把的意思，就是将一年来的阴霾和晦气驱出体外、逐出门外，以求平安健康。

扎火把时，说起来简单，做起来却有许多技巧可讲。麦草扎紧了，火燃不起来，容易灭。扎松了，又常常半途散架，各屋还没转完呢，火把就已经散成一堆了。以前家里扎火把的活儿都由父亲做，我读初中之后，自告奋勇，将扎火把的任务从父亲手里接了过来。第一年扎火把，太紧，刚绕了两间房，就灭火了，不得已又点燃一次，没多长时间，又熄火了，一根火把点了好几次才送出门。待我渐渐掌握了要领，能够比较娴熟地扎火把了，却发现，早有人扎了一捆一捆的火把，在沿街兜售了。一个火把一两块钱，既方便省事，又避免了我们到附近农户家讨要麦草的尴尬。

除夕夜时，各家都在屋里说笑打闹，无要紧事一般极少出门，街上人迹罕至，空旷寂静。而正月十五晚上呢，几乎所有的人都走出户外，跳火把、放鞭炮、看花灯，大街上人满为患，热闹非凡。看各家门口，都是人声鼎沸，腾挪跳跃的身影不时挤作一团，幼童们被大人抱着，在火把上舞过，欢声笑语不绝于耳，仿佛所有的喜事都在这一刻发生着一般。小时候，每年此时此刻，都是我们最快乐的时候，盼着能够早早吃完饭，和小伙伴们相约，去各家门口跳火把，跳完这家跳那家，直跳到整个村子火把散尽，才"班师回朝"。不时有人在跳火把时，不慎将自个儿的裤裆烧着，冒起烟时，惹我们哈哈大笑。有些村子送年时，扎了数个大大的火把，连接起来，宛如一条喷火的巨龙，一直向着附近最高的山顶蜿蜒而上，我们曾经尾随过一次这样的巨龙，因为是别村的火把，走了不到一半路程，几个小家伙怕黑怕远，不敢走了，大家商量后，一起半途而返，远远地看着那条巨龙在黑暗中越来越高，越走越远。

站在今天的角度看，虽然跳火把送年的方式因由来已久，而成为一方习俗。但跳火把的做法很不环保，很污染环境。近年来常有人感慨，应该改变一下这种送年的习俗了，可感慨归感慨，这种旧习却仍然像很多该废却又废不了的习惯，一年又一年地，延续了下来。

故乡有棵核桃树

父亲念叨说，没事的话，咱去张家湾一趟吧。我心里清楚，父亲如此说，是希望和我一起去。

我出生在一座名叫张家湾的小村庄，已经好久没有回去了。难得周末休息，便陪着父亲，驱车半小时，到了我出生的地方。一个似乎数年以来，容颜不变的村庄。下得车来，直接去原先的生产队队长家，一户亲切祥和、憨实质朴的人家。虽然在血缘上没有任何瓜葛，可自我出生以来，一直与我们保持着密切往来的乡亲。对生产队队长，我称呼大爷。在家乡，大爷也就是大伯。大爷正盘腿坐在炕上，眼前摆个炕桌，桌上一盘馍，一杯茶，吃着喝着。见我们进来，赶紧下炕，连连招呼，一边说快坐快坐，让家人泡茶炒菜端油饼。一边让我父亲坐他身边，拿出酒来，两人开始聊天饮酒。

我悄悄出门，想仔细看看我的村庄。沿村路前行，目光所至，一棵核桃树映入眼帘，粗壮而古老。这棵树从我记事起，就在这里，算来至少有近四十年的树龄了。原先这树是在主人家的菜园里，树干隐藏在一堵低矮的土墙后，茂盛的枝叶探出头，撑出一把大大的伞来。烈日炎炎时，我们在树荫下聚众玩泥巴，吵吵闹闹的。婆娘们提个板凳，拿着针线，在树荫下纳鞋底，打诨说笑。遇着下雨，此地是路人们绝佳的避雨港湾。可以这样说，这棵核桃树，算是张家湾的象征，村里几乎所有的典故，都是由这棵核桃树延伸开的。

印象中，这棵核桃树特勤奋，秋季果实累累，平日里，群鸟啾啾。不管是鸟，还是成熟的核桃，都惹我们拿土坷垃去扔。果实或小鸟自然打不下来，却引来核桃主人在墙后面的大声斥责，吓得我们抱头鼠窜。时间久了，我们对那家女人的斥责习以为常了，有好多次，故意拿土块扔在树上，打得树叶哗哗响，便呼啦啦跑开去，躲在远处哈哈大笑。待核桃树的主人找我们几家告了状，我们被父母怒斥甚至威胁一通，这种恶作剧才算告一段落。后来村里拓路时，那棵核桃树便无遮无拦地裸露在路沿了。听说树上至今果实累累，不知再有没有小孩用土坷垃去打核桃或者打鸟了。

这棵树，给了我最快乐的童年。站在树前，记忆像淡淡的风，徐徐吹来，让人神清气爽。迎面一大片开阔的耕地，垄埂分明，沟渠纵横，显得生机盎然。这是村里最好的一块田地了。小时候，我在这块田里坐过平田整地的耱；也跟着大人，在耕牛屁股后面扶过犁；用手拔过麦子，堆过麦垛，也拾过麦穗，挣过工分；挑选一些嫩黄而柔韧的麦秆，当作吸管喝过水，编过草帽戴在头上，脸上用泥巴涂抹了，用作伪装，玩过八路军、游击队；捡些玉米须，男娃粘在下巴上充胡须，女娃编个辫子别头上，是我们乐此不疲、引以为荣的游戏。更多时候，是农闲季节，和小伙伴们撒着欢儿地玩耍过。在这块地里，我们经常玩着"打木栏"的游戏。类似垒球的规则，一根木棒，一个用棉线缠成的鸡蛋大的球，用棍在靠着墙的地上画个框，然后猜拳确定攻守之人。防守者持棒立在框前，攻击者持球于十米开外，往框内扔球，假如被防守者一棒击出，攻击者便于球落地处，不能歇气地喊着"噢——"地一路快跑，回到框内，如果半途换了气儿，会被罚到更远的地方，重新喊叫着狂奔，具体规则还有若干，如今想来，童年带给我记忆最深的游戏，恐怕就是这个了。

从这棵核桃树所在的路口，有一条狭窄而曲折的小径直通山顶，山顶是一个名叫姚家坪的村子。这条山路，曾经承载了我的梦想。小时候，经常能见到肩扛或用自行车捎带着物件去姚家坪的人家。我和几个小伙伴曾经想去姚家坪看露天电影，傍晚出发，沿陡峭弯曲的山路，走了好长好长时间，已经走上平坦的大路了，却仍然没有看见村庄的影子。天色已黑，胆怯的我们不得不临阵脱逃，中途返回。那个村子，对我越来越具有神秘感和吸引力了。曾经有位醉酒的汉子，用自行车驮着不知什么挺沉的物件，上不了山，唤我们村一个小孩，帮他在后面推车，转过两三个山坳。他说，再上去路就平坦了，小家伙回去吧。临别时，给了小孩五毛钱作酬劳。小孩回来，大声地炫耀着。这种天上掉钱的事儿，足足让我们羡慕了整整几年。以至于我们没事儿了，便聚在村前，边玩耍边观望，眼巴巴地等着，希望再有喝醉酒之人，让我们帮忙推车什么的，好挣些钱，买个玩具或小人书等。还别说，真让我们又等着了两次，不过，等呼哧呼哧帮他翻过几道最陡峭的山坡，他仅仅摸摸我们几个的脑袋，说乖娃们，不用再推了，回去吧。让我们懊恼、悔恨不已。事后不甘心，又聚在村前，盼着能有慷慨且需要我们帮忙的人经过。不幸的是，直到我十岁离开村子，这条被我们共同看好的致富路，却没有给大家伙儿再挣到过哪怕一分钱。

不长的时间里，大爷和父亲杯盏交加，已经一斤沱牌下肚了。天阴沉下来，时候不早了，我们起身告辞，大爷一家拿着点心、馍馍之类，装了几个包，非让带回家吃。不得已收了，挥手让他们回屋。车从村路上驶过，有些泥泞，有些颠簸，有些淡淡的泥土味，让我既感觉些许陌生，又打心底里涌起一股暖流。

这种感觉，对我而言，其实是再熟悉不过了。

背斗

门开了，出来一位老阿妈。扎了细细的辫子，脸色很黑，皱纹很密。从院里拖起一个背斗，扛上肩，手拎小铲，出了门。

这是甘南夏河，靠近拉卜楞的一处草场。我们停车，眺望远方草天一色时，老阿妈从不远处经过，脚步蹒跚，走走停停，用小铲捡起草丛中的牛粪，丢进肩上的背斗里。平日拿牛粪垒墙，过冬作燃料生火做饭，在藏区习以为常。

老阿妈扛的背斗，底在她腰部以上，显得有些小，装不了太多东西。不像我们家，以前在张家湾的时候，有两三个背斗，大的小的，都有。每逢集日，总有很多背斗卖，新编的，手艺很精致，柳条尚有湿气，散发着淡淡的草木味。挑拣的人很多，背斗是庄稼人常备的物件，和铁锹、镢头、簸箕一样，一年四季，都在用，少不得。后庄李大爷图省钱，自己找来一堆竹片、柳条，缠来绕去，用了整整一天，编完一个背斗，算是省了几块钱。大多数农家，却是笨手笨脚的，编不来。

在张家湾盖房的时候，我还没有出生。母亲多次念叨过当年的辛苦，久而久之，仿佛这些也是我经过的事了。健壮的海福，扛着一个最大号的，底都快到小腿弯的背斗，从几十米外的田地里，扛盖房用的土坯。摞得高高的，走路一步一个坑，他一个人背土坯，能供上两个泥瓦工的速度。吃饭的时候，一顿 12 个大馒头，还不算喝的萝卜汤。母亲叹气，平时口粮都不够，饭量大的人，经常吃不饱。于是，村里谁家要盖房了，要修屋了，帮忙的人，才能饱餐几日。我家盖了三间北房、两间东房，不到一月时间，将母亲攒了整整两年的余粮，都吃光了。那个最大号的背斗，经此番负重，有些龇牙咧嘴，几根柳条快要散架了。不过，这个背斗，家里很少再用，它太大了。

家里还有两三个背斗，都是中等偏小的。下午放学后，我拣最小的背斗，扛上肩，吆喝隔壁的尕娃、义军几个，去山坡上拔草，扫树叶，装满一背斗，回来喂猪或填炕。有时偷挖几个洋芋，放在背斗最底下，找个背风的山坡，烤了吃。或者偷摘几个梨几个核桃，跑外边吃。背斗的最底层，从来就是我们装"宝"的地方。

背斗在大人们身上，承担了几乎所有的重负和期望，仿佛成了身上与生俱来的一个器官，背土、背粪、背砖、背粮，一趟一趟，无所不能。树上有杏啊梨的，被摘到背斗里，扛到集市上卖了，换钱贴补家用。从集市扯几尺布，买几个碗碟，或者抓几个猪崽儿啥的，统统搁背斗里。甚至还有孩子，在背斗里，坐着或站着，晃晃悠悠。表嫂心直口快，讲过娘家村里发生的事。家居深山，坡陡但年年耕种。婆娘们大多将娃娃装进背斗，带到地里干活。在坡上刨个坑，将背斗栽进坑里，自己转身去干农活。有一次，王家婶子也将孩子"栽"进坑里。许是娃醒了，蹬了几下腿，伸了个懒腰，或者刨的坑根本就不够深，背斗慢慢斜了，倒了，扑腾腾顺坡滚下。王婶大呼小叫，疯了一般，连蹦带跳地追赶。亏了坡下有人，干农活的人多，抱了起来，娃竟然还在嘿嘿傻笑。

背斗的用处很多，除了能上肩，还能倒扣了用。母鸡抱窝时，将其扣于背斗底下，和鸡群隔离，数日后，鸡醒窝，方可钻出背斗的镇压，四处啄食，满院疯跑。我们小时捉迷藏，还习惯将自己扣在背斗底下，让别人找。真被找着了，他们顺势骑到背斗上，"嘚儿！驾！"地喊，藏在底下的孩子出不来，气得哇哇叫。

装粮用背斗，装粪也用背斗。村里各家旱厕，粪便腐熟后，用背斗扛到地里，垒成堆，播种前撒进田地，是上好的肥料。我们迁回县城时，仍是旱厕。隔一年半载的，要出粪，煨熟后撒在院里，种菜。我正值少年，出粪之事非我莫属。背斗是新的，不大也不小。早早起床，将粪用铁锨扔出坑，装进背斗。其实往肩上扛的这一下，还有些技巧。跟背斗配套的，有粪架。半人高，支在墙上，背斗先搁到粪架上，上肩就容易多了。多年后，我感觉出粪和举重差不多。用粪架就是挺举，无粪架就是抓举。出完粪，洗净背斗，再晾干，又可以背其他东西了。每年买了块炭，也要全家动员，一背斗一背斗地，将两吨左右的块炭背进院子，以备过冬。总的来说，进城之后，背斗的作用，已经所剩无几。

不仅背斗，连粪也渐渐无用了。以前常有乡亲敲门，问，需要出粪吗？一坑粪，乡亲拉到田地作肥，还送两三袋洋芋，作为交换。后来化肥普及，粪土即使白送，乡亲们也嫌累，不要。而且，随着天然气、暖气的普及，块炭的影踪，也几乎看不到了。

背斗承载辛劳，也生产快乐。家乡就有以背斗为题的绕口令，曰："扁婆娘背的扁背斗，扁坡上找扁豆，会拔拔上多半扁背斗扁豆子，不会拔拔上少半扁背斗扁豆子。"绕来绕去，念的人、听的人，一起哈哈大笑。

如今，其实街上还有背斗，尽管不多。小区门前，街道拐角，菜市场口，不经意间，会有一两个乡亲，从背斗里掏出韭菜、豆角、黄瓜、茄子、小白菜，或者杏、梨、樱桃、核桃、草莓，数量不多，但很新鲜，且价格便宜。一会儿工夫，这些自产果蔬，就被城里人买走。

　　将背斗扛上肩，或搁在自行车后座上，乡亲慢慢离开。这样的情景，隔不久总能看见。在我的眼里，乡亲们这样离开的背影，显得有些孤单，又有些亲切。

尕板凳　小马扎

父亲找朋友的哥哥做了四把尕板凳。朋友姓陈，朋友的哥哥，当然也是父亲的朋友。其实家里不需要板凳，我们早已习惯了，炕上盘腿一坐，冬暖夏凉，稳当。院子里有一截木头墩子，就是我们的板凳，还有大石头、土坯子，随便哪个地方，还不能坐人？最舒服的当属麦秸垛，挖个洞钻进去，别人找不着，想坐坐，想睡睡，神仙般滋润。老人们屡次告诫说，晒热的石头不能坐，屁股会起疮的，却没人听。因为我们的屁股，从来没有这么娇贵。

这四把尕板凳，做得讲究。全身没用一个铁钉子，全是铆啊楔子的，特别稳当，不管咋晃，都不叫。不像条凳，刚坐上，就吱呀乱叫。那时候的家具，都不用铁钉。家里有一张长条凳，很多年了，来客人坐的。奶奶不上炕的时候，偶尔会坐在条凳上，熬着苦得像中药的罐罐茶，喝茶吃馍。她踮着小脚，屋里屋外忙活的时候，就省了脱鞋穿鞋的麻烦。平日吃饭，坐炕，炕桌上摆了碗碟。或者干脆端上碗，蹲着吃。凳子的用处，确实不大。不仅我们，村里很多家，都说板凳没啥用处。

父亲做这四把尕板凳，大概是因为我和妹妹入学了，需要坐在板凳上，读个书啊，写个作业啥的。坐尕板凳，趴炕头上写字，正合适。家乡习惯将"小"称作"尕"，听起来，显得很稀罕，很本土。尕板凳近两尺高，凳面搁我们的小屁股刚合适。刷了红色的油漆，锃亮，能照见人影，特别漂亮。不像条凳，没刷过油漆，日子久了，黑黝黝的，连木纹都辨不出，一条腿瘸着，拿布条缠了几道，还镶了一根长铁钉，像伤兵，也算劳苦功高。

有了尕板凳，屁股变得尊贵起来。也许不只是屁股，还有脸面。村里经常演戏，秦腔，《十五贯》《三滴血》《周仁回府》，唱念做打，特别带劲。凡有戏班来，在麦场上搭台子的时候，邻近数里，几个村子的乡亲，早早吃完饭，抬个大石头、土坷垃，先占一块好地方。我小时候看过多场戏，对剧中的情节早已熟悉。当戏子们，对，当时村里人都这么叫秦腔演员。戏子们脸上涂满油彩，身上穿起戏袍时，仍然激起全村人持续多年的热情。搬上尕板凳，占个好地方是我们兄妹三个的职责。很多时候观众太多，我们就站在尕板凳上，高高地看，有些居高临下。当然，比我们高的还有，像骑在大人脖子上的孩子，就比我们高。还有很多大人孩子，爬上场边那两棵老槐树，骑在树杈上，谁也挡不了，看得比谁都清楚。

结果，乐极生悲，尕板凳还没坐热呢，就丢了一把。

戏散场，到处喊娃的名字。待各家收拢齐了，各自散了，麦场才清静，只有月光，寂寞得不曾离开。人齐了，一把尕板凳没了。左找右找，没有，问东问西，也没有。场上成百上千人，邻近几个村子，哪里再找得见。懊悔了很多日子，全家人。从此，再有戏场，我家的三把尕板凳，再也没有出过门。

后来，村里有小马扎了。两根铁杆，一张帆布，就是一把小马扎，轻巧，实惠。每逢集日，街上便多了些小马扎出来。后庄的杨大娘，常常兜了青杏，兜了樱桃，拎着小马扎去赶集。找块空地，坐马扎上，垒一小堆青杏或樱桃，一堆一毛钱。隔壁的四爷，干不动活了，非要搬出小马扎，坐着瞅大伙碾场，打连枷，扬场。之前割麦的时候，他也这样坐在马扎上，瞅不够，或许在回忆自己以前同样挥汗如雨的日子。

有了小马扎，大石头、土坷垃上坐的人，慢慢少了。

过了几年，我们迁回县城。城里的人，也喜欢尕板凳和小马扎。隍庙前有个小广场，隔些日子，也和村里一样，唱大戏。这里的戏班是正规剧团，县里的，省里的，很多名演员。不比乡下，邻近几个村会唱戏的，都能上台，吼上几嗓子。每有戏唱，广场上，板凳马扎早早摆了一地，像雨后长出的一丛一丛蘑菇。隍庙里还有个好去处，一间屋，一个老先生，说评书，《杨家将》《隋唐演义》《三国演义》。声音嘶哑，底气却很足，惊堂木拍得啪啪响。屋里摆五六张桌，若干长凳。一碗茶，一个下午的评书，收两三毛钱。如果不进屋，不喝茶，光听不要钱。于是，尕板凳小马扎，常在门口摆了一长溜，听得有滋有味。直到"欲知后事如何，且听下回分解"时，屋里屋外齐声"哎哟"，喧嚣声起，各自散去。

日子慢慢好了，父亲又找朋友的哥哥，做了一对沙发。木框架，铁弹簧，棕垫，坐上很舒服。快30年了吧，这对沙发搁在老院子里，弹簧有些软了，但仍然好用，挺挺的。尕板凳和小马扎，却并没有消失，反而更普遍了。只是尕板凳多是塑料的，瞅着不稳当，有些飘。小马扎倒没啥变化，依旧老样子，像岳父拿的拐杖，打开来，就变成了马扎，一开一合，轻巧实惠。

最近几年，自驾去玩的时候，总是忘不了，在后备箱搁上两把小马扎，父母走路累了，好办，有小马扎呢。尕板凳，小马扎，已经成了我的父母，以及老人们的随身依靠。屋内的评书，早就没有了。广场的大戏，也很少见了，倒是几乎每天傍晚，小公园里总会聚上一大帮秦腔票友，吹拉弹唱，热闹得很。

灯火可亲

"家人闲坐，灯火可亲。"

这是汪曾祺《冬天》里的一句话。每次读，都心生暖意。但在我最初的印象中，闲坐的时候，家里是不点灯的。煤油要花钱"灌"来，一两毛钱灌一酒瓶，不能浪费。若闲坐，如果不是冬季，月光皎洁，就在院子里，抬个板凳或干脆在木头墩子、土坷垃上坐了，听长辈讲古今，还可以玩老鹰捉小鸡或丢手帕。天冷了，晚饭后，全家坐在土炕上，照样听故事玩游戏。

煤油灯就叫"灯盏"。家里不缺煤油灯，在空墨水瓶、玻璃药瓶盖上戳个眼，拿牙膏皮插根管，穿根芯，就是一盏灯。灌满煤油，拿洋火点着，火苗慢慢亮起来，黄豆般大小，闪闪烁烁，娇羞妩媚。周围很大一块地方，霎时被圈进了光亮里。灯盏冒出的烟，黑黑的，也绕着圈，在屋里盘旋。几年之后，父亲就纠正，不让说洋火，要说火柴！还有洋蜡，也不让叫了，要叫蜡烛。蜡烛贵，也很少用，这玩意儿用完就没了，剩一摊蜡液。哪像灯盏，油烧干了，灯仍在，再灌满即可。各家都备有一个空酒瓶，瓶口拴根细绳，方便小孩用手拎着，这是专门装煤油的瓶子。隔些日子，家里的半大孩子，就要拎着这瓶子，去供销社灌煤油。当然了，遇着家里煤油断顿了，会打发孩子拿着灯盏，去邻家借。这和墨水没了，学生之间笔尖对笔尖，互吐一样，算帮个小忙，没啥不好意思。很多时候，也用不着再还。

灯点燃了，浅浅的煤油味，像光亮一样，也在周围悄悄弥漫开来，伴随着缕缕黑烟。灯芯隔不久，便不安起来，火苗蹿高，跳跃闪烁，还“呲呲”响。这好办，将灯芯最上端剪掉一丁点，火苗又乖了。要去别的屋了，一手端灯，另一手拢住火苗，小心翼翼出门，怕有不识好歹的夜风，将这小小的火苗吹灭。碗筷洗干净，没活干了，家人钻进被窝，母亲说：“把灯盏吹了！”于是，靠近灯盏的人，我或者妹妹，欠起身，鼓起腮帮子，吹出一口气，灯灭了。有时气短或离灯火远，几次吹不灭，惹来一阵笑。次日醒来，大家发现，我们的鼻涕，甚至鼻孔都是黑的。

我上学了，每个课桌里都放着一盏煤油灯。晨读时，灯火燃起，伴着琅琅读书声，满教室的星星，像美丽的音符，奏出温暖和欢快。孩子上学，或有人夜行时，偶尔还有灯笼，油纸糊的，很简陋，拿小棍挑着，像从黑暗中钻出一个洞。火苗被憋着，有意犹未尽之憾。这是走生路，或天气糟糕时，才有的情况。村里没几家有灯笼，大多数时候，大伙走夜路，昂首阔步，轻车熟路，啥也不怕。

后来有了马灯。其实马灯很早就有了，只是大家买不起而已。依稀记得生产队队长家好像有一盏，夜幕降临时，队长偶尔会拎着马灯，出来转转。伴随着几声狗吠，吆喝着谁家大门没关好，骂谁家孩子，天黑了还不回家，晃荡个啥。他手里的马灯，也晃荡着，但有玻璃罩子，火苗晃不灭。也难怪，村里很多人管马灯叫“气死风灯”。

父亲也买了一盏马灯，尽管是单位的。马灯上有个旋钮，可以调整灯芯长短，控制火苗大小，记得逆时针是弱，顺时针转是强。父亲有时领我到单位，住上几天。马灯便成了我眼中的玩具，我可以拎着马灯，在暗夜里亮亮堂堂地走路，威风得很。父亲经常用马灯，他在食品公司上班，负责生猪收购。很多时候，晚上都要提着马灯，去猪圈瞅瞅。哪头猪生病了，哪头猪要生崽了，都要照看儿趟。应该说这种事不是父亲一人在做，单位还有好几个工人，大家肯定是轮流看管，但我记不得了。

好在不久之后，大概是 20 世纪 70 年代末，我所在的村子，张家湾通电了。这是村里的大事，像过节一样，很多人在外面转悠，兴高采烈，吵吵嚷嚷，等着盼着。后庄最先来电了，孩子们奔跑着去看，后面跟着成群的大人们，喜滋滋地，赶集一般。都在嚷嚷着，这电灯也太亮了，眼睛都睁不开哦！我裹着小脚的奶奶，满是皱纹的脸上，堆着灿烂的笑，嘴里念叨着："电灯电话，楼上楼下。这是要实现了啊，好日子来了。"乡亲们最挚热的期盼，最遥远的梦想，似乎一下子到了眼前。现在想起来，奶奶有生之年，看到家里通了电，这该是她特别欣慰的事。后庄白老大家，将电灯不关，亮了整整一夜，因为全家兴奋得睡不着觉。凌晨时，白老大出门去茅坑，在院里大声叫唤着，哎呀哎呀，这屋里太亮，出来啥都看不见了呀。这典故是母亲记起来，绘声绘色讲给我的。而井边姚家的小孩，抓到一段掉在地上、没包严实的电线，被电倒在地，哇哇大哭，幸亏无大碍。村里人才知道，这电竟然是会"咬"人的。

虽然通了电，但经常停电。所以各家的灯盏还是经常用，不能扔。除了灯盏，蜡烛开始广泛使用。记得我家 1982 年左右迁回县城，城里也是经常停电，各家各户都要备上几根蜡烛。蜡烛比起灯盏，虽然也是灯火如豆，但干净多了，起码我们的鼻孔里，再也不是黑黑的了。

渐渐地，灯火无处不在，占据着我们生活的每一处角落。闲坐时，早已不用黑灯省油。每年出外旅游，城市灿烂的夜景，总是让我激动不已。假若奶奶还在，又该如何感慨。她心目中的好日子，早已成了平常事。不过，父亲还一直习惯用手电筒，晚上出门时，他举着手电筒，为大家照明，像很多年前拎着马灯的样子。虽然我每次都表示，自己能看清路，但他似乎没听见，也不理会，仍然举着一束光，晃晃悠悠地，照在我们前行的路上。

第三辑　远方·背影

我掩盖不住自己的想象，总是怀疑足下这片土地，哪怕是荒漠苍凉、毫不起眼，也许竟是埋藏了争斗、喧嚣与辉煌的过往。

——《一个神秘王朝的背影》

一骑一舟山水间

假如能够拥有闲适的时间，对我而言，最大的乐趣，无疑是能够跋山涉水，纵情自然。

尽管从事着与土地有关的职业，但这个职业，与我纵情山水之间的愿望，似乎有着莫大的距离。笑叹，若有朝一日，也能步徐霞客后尘，经数年游历，千山万水臣服足下，该是何等酣畅之事。

我所向往的游历，与眼下旅行社组织的招旗排队的旅游，有天壤之别。十多年了，也跟随旅行社的彩旗，游过许多地方。但这些游览，充其量，最多只是与名山大川碰了个面，对视了一眼。我还未及看透它的典故、它的深邃，甚至还没有走进它的绚丽、它的门户，已经早早地离开了。我何尝不明白陈木叔"寻山如访友，远游如致身"的道理。可自己恰似后有追兵，心中急躁。即使碰到朋友，也只能相觎一笑，匆匆东西。可叹自己，对待朋友，竟然连最起码的礼貌，也算是失去了吧。尽管，对于访友的渴望，已经期待了许久，已经充斥了我整个心胸。

曾经，到过由 1078 个岛屿星罗棋布成的千岛湖，凭栏远眺之际，竟被别人拉进船舱，棋牌娱乐。"拜水都江堰，问道青城山"时，导游强调了，为了赶时间，必须在40分钟内从青城山下来。于是，在幽静的山道中，我上下疾行，眼睛紧盯山间台阶，无暇旁顾；被余秋雨誉为"造福千年"、比长城更伟大的都江堰，更是以急行军的方式，20分钟游览完毕。观过黄果树瀑布，却只是观了那条主瀑，以"群"闻名的共18条雄、奇、险、秀各异的瀑布，17条无缘谋面。游过古朴、玲珑的丽江古城，大多数时间，却被导游安排在一间雅致的茶坊，品茗购茶。游过岩溶山水规模最大、景色最美的桂林漓江，小游艇挤满了人，笑骂声、吵嚷声不绝于耳，此起彼伏，如果此时能够发出感叹的话，恐已不是面向漓江了。

试想，陆游"细雨骑驴入剑门"，李白"轻舟已过万重山"，该是何等惬意、悠闲。更不要说，王恒叔"辄登临山水间，穷极幽奥"的执着了。于是，不知从何时开始，一骑一舟山水间，心无牵绊，与自然合二为一，成了我心目中旅游的真谛所在，更成了我梦寐以求的愿望。

也许早就有此想法了，因为，我已经无数次幻想着，自己一骑一舟，遍访朋友。也许，我会坐在青城山幽静的草坪上，闭目倾听微风拂过的气息。会登上千岛湖的每一座小岛，哪怕是最小的那座，用脚步慢慢地勘量，它的袖珍。会伸出手去，探到黄果树每一条瀑布的身上，抚摸它的跳跃，倾听它的欢歌。会悄悄从漓江的心坎里，查询山的倒影，看看到底是水拥吻着山，还是山提携着水。还有，我会轻轻抚摩故宫的土地，感受历史的脚步。会凝望几乎每一棵黄山奇松，体味它的热情和倔强。会观东巴古文，听纳西古乐，将自己毫无保留地，融入丽江的小桥流水人家。

这样想来，我还是非常幸运了，因为我似乎已经拥有过一次这样的游历。那是在三亚，导演嫌游客购物少，将我们拉到一处海滩自由活动，整整一个下午。旱鸭子的我，坐于救生圈上，闭目仰躺，耳畔潮起潮落，海鸟鸣翔，蓝天、大海、沙滩、椰树，这样的南国情调，给了我最温馨的记忆，让我竟然默念了一句徐霞客的"睡足山中雨，起探云里泉"。

这样的纵情自然，悠闲游览，不仅仅是幻想。这一点，我始终相信。

刻在石上的信仰

在青海玉树，我们去了一趟勒巴沟。沿着通天河畔一直走，一边是绝壁，一边是河流，车过处，扬尘四起。"径过八百里，亘古少人行"，这是《西游记》中对于通天河的描述。如今看上去，似乎没有想象中那么浩瀚，但咆哮、雷鸣之声依然，不绝于耳，如狮虎随行。

行不多远，到了勒巴沟南口，文成公主庙静静地立在这里。勒巴沟，藏语意为"美丽沟"，进入沟内，通天河的吼声远了，沟内溪流清澈，潺潺有声。车在两侧巍然屹立的石山中间缓行，走走停停。我抬首四望，发现两边的绝壁上，好像都有字有画。驻足细看，果然和别处的石山不一样。不管是高耸的山顶，还是无处立足的山腰，凡稍有平整的石面，都刻了岩画。岩画内容，除了佛像、菩萨、香客、瑞兽之外，凿刻最多的，便是或大或小的六字真言与经文。佛教认为，宇宙中的大能力、大智慧、大慈悲，皆蕴藏于观世音菩萨心咒"唵嘛呢叭咪吽"之中，若此真言着于身、触于手、藏于家，或书于门，皆可逢凶化吉，有求必应。其实，从进入青海藏区起，各种形式的六字真言或经文，在经幡上、纸风马上、嘛呢石上随处可见，但在如此陡峭的绝壁上，竟然也看到了石刻的六字真言和经文，让人吃惊不小。

爬上一道缓坡，右侧的整面石壁，满满地全是六字真言，全是藏语经文。立于山脚，仰视峰高入云，壁刻密布。附近有座碑，碑文云："此处山体上雕刻有许多六字真言或经文，当地人称之为山嘛呢。相传是文成公主进藏时曾经穿过这条沟，并命人在沟内刻下佛教岩画。目前，沟中几乎所有的石头上都刻有六字真言或经文，以表达对公主的敬仰，并寄托祝福、祈祷吉祥。"怪不得沟口有文成公主庙，原来勒巴沟和文成公主还有渊源。随之，"几乎所有的石头"这几个字让我有些诧异，光顾着仰望绝壁了，沟里随处可见的石头，道路旁、溪水中、树丛中，也有很多大大小小的石头，难道……？

这样想着，赶紧查看身边的石头，果真如此。不管是块石、卵石，不管是双人合抱的巨石，还是手掌大小的鹅卵石；不管是隐匿于树丛中的石头、半截埋在土里的石头，甚至溪流中央，被潺潺流水抚摸的石头，都刻有清晰的经文或六字真言。我止不住好奇，附近石上都有文有字，那么沟深处呢，沟内如此多的石头，难道真的无一遗漏？上车慢行，细看沟内或大或小的石头，可不是，几乎每一块石头，都有字有文。

刻有经文的石头，被藏族群众称为嘛呢石，它们凝结着信徒们内心的祈愿，显得肃穆而神秘。早就听说过，嘛呢石是藏族人精神生活的宣泄，是信仰驱动的产物。藏族佛教徒相信，只要持之以恒地把六字真言文刻在石块上，这些石块就会有灵性，能洗清他们此世的"罪过"，并能引领他们走入神往已久的西天净土。当我置身于勒巴沟内，在这些不可胜数的嘛呢石面前，却实在想不通，该有怎样的毅力和信仰，能经年累月，将整条沟里的石头，凿刻成文？我们已走了很久，沿途竟然未见一人，又是谁，在勒巴沟里刀刻斧凿，永不停歇？之前刚去过玉树新寨的嘉纳石经城，见过数以亿计的嘛呢石。但石经城里藏人很多，我亲眼看到，很多藏族同胞将自己手里拿的、肩上扛的、推车上拉的嘛呢石，放到了嘛呢堆上。可这里，人迹罕至，嘛呢石却遍布沟内，让人百思不解。忍不住好奇，我随后查阅了一些记载，方才得知，公元641年文成公主进藏，途经青海玉树时，命随行的工匠在勒巴沟岩壁上雕刻了9尊佛像以及佛塔、经文等。公元710年，金城公主赴藏，派人将文成公主雕刻的佛像加工细刻。自此，藏族群众为了纪念两位公主，开始在勒巴沟内刻制嘛呢石，使沟内保留了很多自唐以来各代的嘛呢石，堪称一绝。

一路前行，远方变得开阔起来，现出一座白塔，有嘛呢石堆积成了小山，经幡劲舞，呼呼作响。几只藏獒，在悠闲地散步，见我们过来，毫无敌意。更远处，隐约几户院落，几群牛羊，一派祥和的气氛。而我，却仍然感动着，这些刻在石上的信仰，历千年沧桑，经万人凿刻，该是包含了怎样的隐忍、坚毅和虔诚。信仰的力量，已经强大到了不可思议的程度。

丹霞映红冶力关

初冬，听到要去冶力关的消息，我没有兴奋，甚至有些不以为意。因为去年刚刚去过这个距兰州市往南 160 多公里的高原生态森林景区。黄捻子森林公园、天池冶海、高原牧场，我已经观赏了。可是，当我漫不经心地进了景区，却发现自己这种无所谓的心境，在莲花山、西峡、东峡和冶海湖四大景区，约 300 平方公里的奇山异水面前，显得过于井底之蛙了。

先去了冶海，入冬后，这座群山环抱、宽阔澄澈的天然高原淡水湖，波光粼粼，几乎看不到游人。岸边无数经幡，迎风舒展。几个藏民、一个喇嘛，念诵着古老的经语。几只鹰在高空盘旋、俯冲，偶尔传来一两声尖厉鸣叫。冶海显得寂寥、空旷而神秘。风很大，天色阴沉，特别冷。等我们往回走的时候，已近中午，仍然没有半点阳光。

午饭后，导游指引说，去赤壁幽谷吧。赤壁幽谷，这名字我好像听过，又全无半点印象，以前肯定没去过。车在群山中寂寞地穿行，往冶力关镇西北方向行了约六公里，停在了一处较为低洼、开阔的谷底。步行入谷，没行多远，一大片褐红色的山体，巍然立于两侧，像凝固的火焰，向着山谷深处呼啸、燃烧。我忽然有了一种幻觉，悟空该不会一个筋斗，从十万八千里之外，扛一把芭蕉扇过来，向着这座山谷猛扇吧？在阴沉的天气下，这里又像绽放着深红色的霞光，映红了冶力关景区。此刻才明白过来，这赤壁幽谷，敢情就是定义为"有陡崖的陆相红层地貌"的丹霞地貌。1928 年，由矿床学家冯景兰在广东仁化县发现，并借曹丕所谓"丹霞夹明月，华星出云间"，来命名这种红色沙砾岩层为"丹霞地貌"该是最恰当不过。许多年来，我领略过喀斯特的诡异，对丹霞的瑰丽，虽闻名已久、心驰神往却一直未谋其面，没料到，却在不经意间，走进了它激情如焰的怀抱。

不知是从唐宋，还是元明，或者其他哪个朝代搬过来四个赤红、厚重的屏风，隔一程摆一屏，整齐地布设于山崖之上，古朴而沧桑，屏柱整洁，罩幔百褶，仿佛借此抵御凄风厉雨，难道某扇屏风后，有哪位先儒在著书吟诗，有哪位佳人刺绣、名伶弹唱？四屏峰，峰如其名。更玄妙的是，待走过一屏，再抬头望，却发现四屏峰变了模样，赫然一幅圣旨，竖于眼前，连手握的卷轴、卷面的弧度，都清晰而逼真。刚刚还沉浸于风花雪月，转瞬又见官宦纷争。景致变幻之快，让我惊讶不已。特别好奇这屏风背后有什么，便迈过溪涧小桥，缓步向上攀登，谁想走了半天，转了好几个弯，屏风竟然还若即若离地竖在高处。对面山上有人喊："过来吧——这边——"回音传出好远，像袅袅炊烟，引领我行进的方向。不甘心地又向上走了些路，才原途返回。

极目远眺，谷内幽静、深邃，奇峰石笋林立，峭壁色泽斑斓，显得神秘而险峻。路边满是沙棘之类的低矮灌木，结满了鲜红、透亮、火柴头般大小的野果，一片一片，密密麻麻，像红色的小玛瑙，给满目赤壁平添了几许灵气和生机。对面峰峦叠嶂、洞穴诡异，拾级而上，路越来越窄，直到石径成了木径，我已置身丹霞崖底。一条仅容一人通过的木质古栈道，从崖底蜿蜒而行。不容挺身前进，而需或躬背，或侧身，甚至下蹲挪步，方可通过。谈笑间，回音缭绕，久久不散。看来，这回音阁，还真非虚名。待钻过一道山洞，转过一处山坳，眼前豁然开朗。一大片平阔地，流水淙淙，树木掩映，鸟鸣啾啾，一亭独立。更远处，仍然是丹霞绝壁，赤红映天。无意间回首，却惊愕不已，一个既像宝瓶，又像棒槌形状的巨大石柱悬立于身后，高高的，仅靠一角与底部山体浅浅相连，其他各处，均在孤独、竖直地悬挂着，孤苦伶仃，无依无靠，有些摇摇欲坠的模样。我不禁怀疑，若拿一铁锹，在其角上一撬，如此巨大的悬空石柱，该不会轰然坍塌吧？

转过眼前的开阔地，若不是看见"伏蟒崖"三个字，我还真发现不了，自己刚刚走过的这条盘山栈道，脚下宛若伏卧着一条蜿蜒体形、云状斑纹的巨蟒。巨蟒被巍峨的丹霞巨峰压覆，虽动弹不得，有劲使不出，但腾挪的身形却连绵数里，清晰可辨。况且，还有诸如喇嘛洞、妖魔洞、峭壁倒柏、虎踞、三结义等景点，状如其名，令人浮想联翩。赤壁幽谷前临冶木河，谷深20公里，向北一直延伸至白石山中。一条小溪，在谷底涓涓流淌，岸边已蓄积了少许冰霜，透出一丝淡淡的寒意。据说，谷内尚有妖魔泉、嘎沟泉等72眼泉水，我们置身其间，却已分不清楚了。

其实，丹霞不仅仅在幽谷之内。出谷后，不远处就是亲昵沟。天上飘起了雪花，给大地披上了一层白纱，满目朦胧。对面一片群山绿荫之间，野性地竖立着一根赤色峰柱，据说直径有20米、高达30米。几米开外的山体上，又露出一洞，二者呈依偎状。导游笑问，看看，这像什么？我没有笑，心底却肃然起敬，这与其被称作阴阳石，不如叫生殖图腾，恐怕更妥帖、耐听一些。大自然的神奇造化，让人叹为观止。也许，亲昵沟的名称，也源于此吧。

雪越下越大，等我们驶入黄捻子森林公园时，已是大雪纷飞，路有结冰。抬头四望，满山树林层层叠叠，银装素裹，宛如仙境。迈入林间，积雪竟然已有一脚之深。想必不需要多久，路上结冰也会越来越厚，已经不能久待了。于是，匆忙上车，沿山路下坡。等到了山下，却发现天空只是阴沉着，偶尔一星半点雪花，飘逸得漫不经心。导游念叨着，这几天就该封山了，车辆进入，已经有危险了，不过，每年冬季，总有些驴友，会选择徒步上山，尽览冶力关美景，像咱们今天这样，只能算是走马观花，囫囵吞枣，其他景点，留待下次吧。

　　想来也是，存在的，远比我们感知的要多，如果谦逊一点，或许能了解得更深更远一些，反之，则会被局限于美与真相之外，而我们自己，却仍然懵懂不知、自以为是。我不禁又想起了，起初对于这趟行程，自己漫不经心的态度来，不觉心生惭愧。

一个神秘王朝的背影

我掩盖不住自己的想象，总是怀疑足下这片土地，哪怕是荒漠苍凉、毫不起眼，也许竟是埋藏了争斗、喧嚣与辉煌的过往。比如，我们正在穿过宁夏银川，在贺兰山东麓的茫茫荒原中，有"东方金字塔"之誉的西夏王陵，能够告诉我什么呢？

我所知道的，是公元 1038 年至 1227 年，羌族党项人李元昊建立西夏王朝，与宋、辽成三国鼎立局面。鼎盛时期，疆域 83 万平方公里。就是这个西夏，令成吉思汗五攻不入，且殒命于此。成吉思汗"尽屠之"的临终遗言，后来让这个纵横西北将近两百年的神秘王朝全部沦陷，党项族也从此消失。现在，我们已经站在西夏王陵的门口。我特别好奇的，是这些西夏的皇家陵园，陵园门口两座门楼上，写着四个金色的大字，有方块字的影子，笔画却比汉字更繁杂，模样又特别古怪。我看了半天，连一个也不认识。以前听说过西夏文字，可一直没见过它的真面目，难道这就是被称为"天书"的西夏文字吗？还没入园，我已经止不住自己的好奇和期待了。

步入西夏博物馆，才发现自己掌握的资料过于简单了，因为在博物馆里，关于西夏王朝的专著，诸如《西夏史稿》《宋代西北方音》《党项与西夏资料汇编》等，就摆满了整整一间展室。我感兴趣的，还是王陵门口的那四个大字。果然，那就是西夏文字。1036年，由野利仁荣以党项语为基础，借鉴汉字结构创制而成。看着西夏文字创制规律列表，这些由"独体字""合体字"组成的文字，似乎过于烦琐。汉字中最简单的"一"字，西夏字就有五画之多，"点、撇、撇、撇、捺"，我对照着列表，默写着"一"的西夏字，一边写，一边感慨。"中"有11画，且笔画繁冗到近乎超出了我的理解能力。合体字更有意思，"心""恶"合成"害"，"口""水""无"合成了"渴"等，仔细想来，倒也贴切、合理且易懂。门口看到的四个金色大字，原来是西夏国名"大白高国"。如此多笔画的文字，能够流传、便于普及吗？我心怀疑问，看来将西夏文字比作"天书"，还真有几分道理。

相比文字而言，我更喜欢西夏的雕塑和佛塔。康济禅寺塔、拜寺沟方塔、承天寺塔等，雄浑粗犷，造型优美。石螭首、神门鸱吻、碑亭人像石座，以及流失海外的双头佛等，豪放传神，技法细腻，似乎比文字更具感染力和穿透力。这些西夏文物，有很多其实是我以前从邮票中看到的。还有西夏的冶金、纺织、印刷、建筑、采盐、手工业等，同样有着不俗的成就。而所有这些文化的创造者，都来自羌族党项，源于这个驰骋马背、雄踞塞上，以拓跋氏居首，米擒氏、房当氏、野利氏、颇超氏、往利氏、费听氏、细封氏为辅的"党项八部"。

流连于西夏文化之间，我很清楚，自己此行的目的，是要实地观赏以3号陵为主的西夏皇家墓地。博物馆里看到的一切，应该只是序幕而已。于是，我仔细查看着陵园的模型，聆听着导游的讲解。陵园镶嵌于贺兰山东麓中段的洪积扇地带，距宁夏银川市西郊约30公里。陵区南北10公里，东西5公里，现存按北斗星图案排列的9座王陵、按星象布局排列的 250 余座陪葬墓。一座一座王陵傲然屹立，承载着一个神秘王朝的兴盛荣辱，供后人千百遍地解读。

我慢慢地向 3 号陵园走去，王陵似乎也在一步一步地靠近我。雄浑、圆润，厚重而沧桑，墓体有孔、有棱，呈土灰色，给我的第一印象，完全是一座巨大的、再普通不过的土堆而已。这颠覆了我之前对西夏王陵的印象，因为我一直以为，王陵应该是通体金色，甚至每一粒尘土都透着神秘气息的。不管是宣传画册，还是特种邮票，或者之前拿到的参观门票中，王陵都通体金色，无比典雅、神秘。不过，我很快明白了，这既是岁月的剥蚀，又有光线的缘故。若是在清晨或黄昏，王陵沐浴在朝阳或晚霞的光泽中，那肯定是通体金色了。而此刻却是个阴天，远近都灰蒙蒙的，看不到一缕阳光，王陵略显苍白，也是再正常不过了。

且慢，我刚刚收回王陵的金色记忆时，又发现，这岂是一座简单的"土堆"，放眼望去，在王陵的外部，围绕着一圈其他的建筑，虽然不完整，但轮廓却清晰可辨。例如月城，这是夯土修筑于陵园内城前面的小城，南墙有门。内城，象征皇宫内城的建筑，四面设门，四隅有角阙。献殿，陵园内用于祭祀的建筑，八角形台基上有 9 间殿堂。陵园主体建筑，也就是巨大的"土堆"，原来称作陵塔。看介绍，陵塔原为圆形密檐塔，塔身黄土夯筑，外用木构建筑支撑，形成七级浮屠，现存高度为 24 米。我走近陵塔前，细看塔身上的孔洞、风雨冲刷的凿痕、瓦当的残片，瞬间感到了时光的步履。转到陵塔身后，发现还建有北门，这是内城后门，由门道和两侧门阙组成。其他建筑还有神墙、阙台、碑亭等。我眼望四周，心底惊叹着，也暗自庆幸着，幸亏我在西夏博物馆里提前了解了，也在陵区认真地阅读了介绍，不然如此雄壮、完美的陵园，我又怎能观其全貌，若只观赏了陵塔，岂不是仅仅见识了一座经过岁月侵蚀的"土堆"而已？据说 3 号陵是李元昊墓，也是陵区内规模最大、布局最为清晰的一座。

天空依旧阴沉，令空气中平添了一份肃穆。临到返回时，我忽然觉得，若是以前，对于西夏王朝，我也许对宋夏、辽夏战争，以及蒙古灭夏的战争情节感兴趣，也许会津津乐道于三川口之战、定川寨之战、元昊夺子妻而被削鼻身亡、成吉思汗征伐西夏等这些演义情节。而现在呢，我似乎更迷恋于西夏的文化内涵，崇尚儒学、佛教，以白色为尊，颁布秃发令，建筑雕塑发达等这些细节，无一不在吸引着我。我渐渐抒出了一个印象，西夏王朝，自始至终充满了神秘，而今天参观的王陵，与其说是像一个千年不醒的梦，不如说是一双双穿越千年的眼睛，静静地，不无遗恨地，俯视着眼前这片曾经的故土。或者，它就是西夏王朝穿越千年的背影，凝重，苍凉，壮美，沉默，屹立千年，无言地诉说着，许许多多的故事。

梨花千树赴春来

春天来了，花鸟树木开始兴奋起来。

按捺不住对于唐代岑参"忽如一夜春风来，千树万树梨花开"场景的渴望，我们赶赴素有"世界第一古梨园"之称，位于兰州东北，约 20 公里外，建于明弘治八年（1495 年）的什川古镇。

途中遇到很多骑单车的驴友，也分外潇洒地赶赴一场春的约会。何止我们，就连梨花，不也是向着春天，赶赴而来吗？前面忽然出现一片白。隔不多远，又是一片白。散落于途中这座不大村庄边，房前屋后，山顶路边，一两棵、三五棵"迎客梨"，已经绽放开雪白的花朵。甚至成群成片，两三亩、十多亩的梨树林，也不少见，灿烂着，诱惑着我们。

很快到了什川镇。眼前一大片梨树，扑面而来，闪耀着它们灿烂的花容，素雅、朦胧，一尘不染，像热情敞开的胸怀，接纳了我们。淡淡的花香，丝丝缕缕，入鼻入心，如一张层层叠叠的网，包裹了我们，"梨花千树雪，杨叶万条烟"的意境悠然而来。进了镇子，陶园街、河湾街、向东街等，几乎所有的街道，都被高大的梨树、雪白的梨花揽在怀中。

随意驻足，一处拐角、一方巷道里，随处可见梨树的枝条，远远地，伸展开来。我很快就发现，自己错了，这样的漫步，其实是和梨园擦肩而过。离开街道，对，离开街道，应该就是梨园了。这样想着，我朝着一条巷道，拐了进去。

这一拐道，我几乎叹出声来。巷道深处，便是成片的梨园，足有几百亩。几乎每一棵梨树，高入云端，枝繁叶茂。树干粗壮，用双臂拢不住。树形迥异，像"W""V""L"这些字母模样的躯干，仿佛一个一个舒展、曲张的舞蹈动作，粗犷、豪迈，富有诗意，极具雕塑美感。仰首向天，蓝天早已被洁白如雪、玉骨冰肌的梨花占满了。树身上贴有"古树名木保护牌"的红色标志，或"古梨树"的蓝色标版，树种、编号标注其上。枝头上，盛开着密密匝匝的梨花，像千只万只银蝶，翩翩起舞，不管不顾。这样的梨树，恐怕都有百年以上的树龄了吧。果然，一棵标有400多年树龄的古梨树，映入眼帘，粗硬的枝丫，在尽情挥舞着，满树梨花，昭示着它依然很年轻，充满朝气。

院落前站了两只雪白的小羊，一只站，一只卧，好一幅田园美景。

这样的梨园，一处接着一处，似乎走不到尽头。渐渐发现了，园中至少绽放着花色不同的两种梨花。一种满树雪白，似乎看不到叶子。另一种衬着暗红的叶面，红白相间。路边一位老人，笑呵呵地看着我们。我叫了声大叔，提出了自己的疑问。老人说，什川家家种梨，以此为业。这满树雪白的，是"软儿梨"，另一种红叶的，是"冬梨"。老树，大都有300多年的树龄，一般就这两种，说来也怪，一般梨树的寿命也就几十年，可什川古梨树就成了一个奇迹。除了这两种传统树种，其他引进的、嫁接的，品种可就多了。老人很健谈，指给我们看花蕊，像雪白粉嫩的丝绸上，站着一只只金黄色的小蜜蜂。又脱下帽子，轻轻地拍了一下手边的几朵梨花。指着沾在帽子上的花粉，说现在正是授粉的好时机，大家都在梨园里忙哩。

其实我已经看到了忙碌的梨农，有举着一只高高的喷嘴，向着梨树上喷农药的。有踩着高高的云梯，给树顶上的梨花人工授粉的。杜鹃啼血，梨树落雪，这样的妙喻，自古皆有。雪白的梨花，似乎被古人赋予了更多的离愁别绪。可我觉得，梨花的素洁、高雅，令人怜惜、眷恋。在梨花间劳作的人，岂不是更美的景致？见我们举着相机，对着自己拍照，一位站在高高的云梯上，拿一根长长的木棍，在给梨花人工授粉的中年人笑着喊，别拍了，别拍了，俺可不接受采访。地上一位妇人也笑，又没让你说话，咋叫采访了？你不如摆个姿势，让人家照张好相片。大家都笑了，气氛变得活跃起来。我们说，等梨熟了，我们拿照片，来换梨吃。梨农们都很开心，连连答应着，还俏皮地说，庄稼丰收了，鸟儿能吃多少呢？

在绵延数里梨园间徜徉着，看各种树形的梨树，尽情施展着它们的素雅和妩媚。临近午时，忽然刮起一阵风，下起了蒙蒙细雨，林间一片沙沙声，朵朵梨花随风雨飘逸，宛若梨花烟雨，更像飘荡的音符，如梦如幻，如泣如诉。好在不用躲避，十多分钟的样子，风雨已然停歇。此刻，空气清新，天空像水洗过一般，碧蓝似海。而梨花恰像白雪初绽，温润如玉，美不胜收。

登上镇外一座小山顶，向对面这座万亩梨园眺望，看青山在南北作屏，黄河穿镇而过，梨花绵延数里如白云落地，气势奔涌，蔚为壮观。梨花丛中，青砖红瓦，庭院掩映，宛如梦幻仙境。我不禁幻想，若到金秋时节，香梨挂满枝头的时候，又该是一幅多么幸福而丰收的景象啊。

踏青黄香沟

好几年了，一直希望着，有朝一日，能够摆脱旅行社，解除工作压力，既环保、节约，又心无牵绊、悠闲惬意地旅游一次，该有多好。

前不久，几位和我一样心情的同事不约而同地，一拍即合，就近找个景点，以"穷游"方式，去放松一下。很快，大家将这个景点选在了百里之外的黄香沟。黄香沟我很早就听说过，位于渭源县境内。据说以前以盛产松香而得名，应该是一处有山有水、有草有花的地方。因为路途较远，平时人迹罕至，保留着原生态的山水，还没有被大规模开发，是游玩和休闲的好去处。

春天到了，万物复苏，选择了一个假日。一大早，我们收拾行装，自带了开水、面包、塑料布、御寒的衣物。一辆小车，五个人，一大早出发。没有了导游的催促和讲解，从一开始，行程就显得从容、轻松了许多。沿途一汪清澈的溪流、几只在山上悠闲吃草的牛羊、一棵长势古怪的松树，都能吸引我们。停一会儿车，下车品评一番，摆几个姿势，照几张相片。还没到景区呢，我们的心，竟然已经如此轻快、如此悠闲了。

到了，黄香沟到了。映入眼帘的，是一方开阔、平坦的草场。草场尽头，是树林，郁郁葱葱地，一直延伸到远方的高山。草场一侧，一条不大不小的河流，湍急、清澈，像一群涌动的精灵，从大山深处，欢快地奔流而来。几座帐篷，搭建在草坪附近，看得出，这是提供食宿的地方。

一阵欢呼。我们下了车，先掬一捧河水，想洗一把脸。没想到，河水竟然这样清凉，触到脸面的瞬间，让大伙儿忍不住打了个寒噤，不禁喊出声来："真凉啊！"帐篷前站着一位汉子，笑着，说这水是从深山流出的，当然凉了。

沿着河流往山上走，除了高耸的松树，便是有两人高、叫不上名的小树，遍布山野，树上结着一种黄花，小小的，嫩嫩的。远远望去，漫山遍野全是这种黄色的小花，散发着淡淡的清香。黄香沟除了盛产松香之外，是不是还与此有关，我们不得而知。最喜欢的，是大家在草场上，坐着，看脚下绿草如毯，柔韧舒适。或者躺着，仰视白云朵朵，如雾飘浮。有人提议，爬上眼前最高的那座山峰，运气好的话，也许能采摘到蕨菜呢。

看着他们兴冲冲跑去爬山，我依旧静静地躺在松软、洁净的草场上，虽然耳边充满了水流和鸟鸣，可心里却觉得，这里静谧至极，静到似乎能够听到自己心跳的声音，仿佛能够穿越时空，尽情回忆过去，憧憬未来。只有这样与自然紧密相融，阳光才如此妩媚，空气才如此清爽，天地变得无比纯净、无比和谐。不知过了多久，爬山的人回来了，手里还真拿着好大一捆蕨菜。看来，这里藏着很多我们平时想吃却又吃不到的山珍野味。

渴了，喝自己带来的开水。饿了，咬几口面包，或者去帐篷里点几样素菜，大多是蕨菜、苜蓿、灰条之类的野菜，最后再来一碗面片，足矣。吃饱了，喝足了，又或爬山，或过河，或在草场坐着、躺着，聊天、拍照、玩扑克。直到夕阳西下，才吆喝着，起身，又互相监督着，将散落在草场的废纸、塑料袋，全部收拾干净，然后依依不舍地回家。

　　直到现在，我仍然依恋那天的自助游。我始终觉得，这次"穷游"黄香沟，是我与大自然最亲近、最和谐的一天。在怀念的同时，心里又在充满渴望地琢磨着，下一次假日，又该去哪里"穷游"呢？

车过若尔盖

　　我非常清楚，很久以来，自己最大的愿望，就是去一处无垠的草原看看，湛蓝的天空，嫩绿的牧草，成群的牛羊，以及一座座洁白的帐篷，骑马的牧人，唱歌的姑娘，等等这些，似乎早已充斥了我的心胸。没想到，这次去九寨沟，这个愿望实现了。

　　导游讲，这是若尔盖草原，红军长征经过的地方。我无心听她讲解，因为我已经被车窗外的美景深深吸引了。从来没有见过如此湛蓝的天空，湛蓝到了清澈、透明的程度。如果不是有那么一朵一朵的白云点缀着，我还真以为，这哪里是天空，而是童年时做过的，特别纯净的梦。一朵一朵的白云，像絮，像雾，更像是系在蓝天脖子上的哈达，是静止的，又似乎是在蠕动着，一副清爽而舒缓的姿态，也许只有如此洁白的云朵，才能够配得上如此纯净的蓝天、如此广袤的草原。

　　其实这里的蓝天从来都不是孤独的，因为当她随意间俯首时，欣慰地发现，绿绿的，无垠的草原，像一位美丽的姑娘，摘些鲜艳的野花，随手插在自己的头发上，顾盼左右，抿嘴窃笑，张开她广阔的胸怀，在深情地仰望着自己。我已经看见了，红色、黄色、橙色、白色，甚至紫色的野花，悄然绽放。甚至突然有一大片紫色或黄色的花，簇拥在草原怀里，一副探头探脑、叽叽喳喳的快乐模样，显得草原艳丽而多情。这样的一大片花朵，如此瞩目，如此灿烂，即便车已驶远，我仍然能够清晰地看见，仍然能够感受到它们的热烈和绚丽。

　　假如说，这些草，这些花，在数小时的行程中，显得有些单调的话，那么当一大群或者黑色，或者白色的小点点，在慢慢蠕动的时候，你大概一时之间，还没有反应过来，这些是什么。当我远远望见这些大群的黑点、白点时，车上已经有人在喊，快看，牦牛！羊群！我恍然明白，风吹草低见牛羊，我竟然忘了。尽管这里的草矮矮的，可牛羊、马才应该是草原的主人吧。曾被杜甫盛赞为"竹批双耳峻，风入四蹄轻"的唐克马，不知我能否见到？在如此辽阔而美丽的草原上，假使能有纵马驰骋的机会，该是多么畅快的事。近了，近了，牦牛憨憨地，低头觅食，对跟前驶过的车辆毫不理睬，一副司空见惯的模样。有三两头牦牛竟然慢慢腾腾地，踱到了公路上。司机也该习惯了吧，慢了车速，轻轻从牦牛身边经过。"若尔盖"的藏语意思，据说就是牦牛喜欢的地方。羊群则机灵许多，时常抬起头来，对着我们凝望，见无异常，才又低下头去。隔一段不远的距离，就有大群的牛羊，密密麻麻，嵌在草原的底色上，如颗颗珍珠，在阳光下闪耀。随处可见不高的山峦，山坡上爬满了牛羊。或者，翻过一处山包时，忽然发现，在前面的山谷里，全是密密麻麻的牛羊。奇怪的是，牧人却很少见，走了很久，才偶尔见一两个牧人，骑着马，或站立，或慢行，一副悠闲的神情。几条牧羊犬，窜来窜去，偶尔还会跟着我们的客车，跑上一小会儿，仿佛是警惕，或者是留恋。

　　常常能看见一座，两座，白色的帐篷，有大的，有小的，显得那么温暖，那么亲切。各色的经幡随处可见，透露出一些神秘、一些圣洁。帐篷前，除了牛、羊、犬之外，常见的还有摩托车。也有一两座宅院，三五间房屋，却像好久没人居住的模样，在草原上寂寥地存在着。偶尔，也能发现20多座院落，组成了村庄的样子，红色的砖墙、屋瓦，在蓝天、绿草之间，显得异常夺目。这些相对固定的院落，仿佛在无声地诉说着，关于渴求安定，不愿长久漂泊的话题。

导游仍在讲解着，若尔盖草原包括四川省的若尔盖、红原、松潘、阿坝，甘肃省的玛曲、碌曲，青海省的久治等县，总面积5.3万多平方公里，是我国三大湿地之一，素有"川西北高原的绿洲"美称。我眼望窗外，看着草原美景，心里却升起一些伤感。这里吸引我的，其实还有若尔盖的红色情结。一万多名红军将士曾经长眠于此，长征，这个中国革命最辉煌，也最悲壮的词语，在若尔盖草原得到了集中体现。以前读过很多关于红军过草地的故事，悲壮而催人泪下，让我感动涕零，对茫茫草地充满过很深的敌意。如今，这块曾经的死亡之地，却变得如此安详，如此秀美。偶尔有一两面小小的湖泊，一两条细细的河流，显得波澜不惊，温婉怡人，没有一丝一毫狰狞的模样，让我心生眷恋。

黄昏时分，车驶入川主寺镇。导游指着车窗前方，说，大家请看，那叫元宝山，山上有红军长征纪念碑碑园。山顶上，远远能够望见一尊红军战士铜像，双手高举呈象征着胜利的"V"字形。红军一手拿着枪，另外一只手里，举着什么？猜一猜。我们怎么也猜不出。晚上入住川主寺，我约几人饭后出门，散步到元宝山脚下，迈进一间卖牛角梳的店铺。店铺老板是一对热情的藏族夫妇，我们各买了几个牛角梳，他们非常高兴。我乘机问，红军铜像的另一只手里拿着什么。藏民妻子笑吟吟地，用不太流利的普通话，说，那只手里握着的，是格桑花，在藏语里，"格桑"就是幸福的意思。寒暄之间，她还哼唱起了一首歌，曲调清新而优美。我们很好奇，一起竖耳聆听，大致听清了这样几句：

"红军走过的地方，

红旗处处扬。
雪山脚下盖起了新城市，
草地换新装。
为什么高原一日千里？
天天在变样？
因为红光照亮了藏民的心，
这里是红军走过的地方！"

穿过时光的锋刃

始终将山岳视作大地的骨架，纵有千般姿态，无不冷峻挺拔，刚直不阿。可是，当我迈进黄河石林的时候，却从骨架上，悟到了时光的锋刃。山河幻化出的绝版化石，经漫长洗礼，卓然不凡。

从两百多万年前走来，燕山运动、地壳上升、河床下沉，以及坍塌、风化、雨蚀等，我不知道，黄河石林经历了几世磨难，方才换来今日傲骨。甘肃景泰，因了黄河石林，显得神秘了许多。

这是一个阳光明媚的中午，售票员很热情，说，现在是淡季，你们自己开车进去吧。眼前就是22道弯，山路盘旋、曲折，弯急坡陡，像是一长溜打成结、拧成扣的绳索。左侧始终横亘着高耸入云的冷峻陡壁，车从"绳索"上徐徐滑落，驶入河谷，地势平坦了许多，河流、田地、树木、院落，像打开了一幅油画。

凉风习习，流水潺潺。一孔豁口，袒露在绝壁中央，车刚驶入，一段大峡谷，傲然呈现。记得我当时惊叹了一声，还赶忙回望了一眼刚刚走过的豁口，好像是怕豁口突然合拢，将我们围困在峡谷内似的。这就

114

是黄河石林,磅礴、奇绝、险峻、悠远,如千丛春笋,遇雨拔起,又似万般兵器,呼啸而至。赶紧停车,我们站在峡谷里,举目四望,满目都是浑黄、沧桑的石林地貌,似石、似岩、似砂、似土,像柱、像峰、像笋、像壁,往峡谷深处延伸。

我用手轻轻抚摸了一下,砂岩状,颗粒粗糙、硬朗,透着十足的刚性和韧劲。看标牌,石林景区有八个沟之多,这里是饮马沟大峡谷。一棵巨大的枯树,应该是胡杨吧,横在峡谷中央,枯而不朽,枝丫依然遒劲,依然不肯俯首,仿佛与石林有着同样的阅历。

步行入谷,看峰回路转,曲径通幽,石林以千姿百态,尽显岁月遗痕。我尝试着细细品读,这些从七八十米,到一两百米高度不等的巨大峰林,几乎一步一景,步移景异,像大江东去,像羽扇纶巾,像犹抱琵琶,像指点江山。如果想象力足够丰富,这里会让你读出千道姿态,万种形神。

耳边一阵喧闹,伴着零乱的蹄声,从身后隐隐传来。回头望,一堵绝壁挡住视线,看不到人迹。隔了片刻,几匹骡马车,一群游人,或徒步,或骑马,从一处石峰的腹部闪出。一位举着小旗的导游,热情地介绍着,说,峡谷内有众多景点,比如猎鹰回首、大象吸水、雄狮当关、千帆竞发、十二生肖、黄河母亲等,惟妙惟肖,栩栩如生。其实,我们已经品出了很多景点,像大象吸水,与广西桂林的鼻山很相似,一个经石灰岩溶蚀,一个由沙砾岩风化,南北呼应。还有,那些看似从天外飞来的悬空巨石、欲断危崖,比比皆是,观之触目惊心。那些看似用刀砍斧凿而成的或深或浅的石洞、石孔,随处可见,让人不可思议。

我不知道,是风,还是水,让峰林奇绝壮美。也许是风,让石林形如雕塑,凝重沧桑。也许是水,使石林酷似波涛,帆影重重。又有蹄声传来,很急促,很欢快,一位五六十岁的农妇,赶着一驾骡车,载着两名游客,步履欢快,迎面而来。我赶紧举起相机,按下了快门。农妇神情愉悦，骡车披红戴彩，特别喜庆。这张照片我很喜欢，还取名为《欢歌》。在这空旷幽静的峡谷里，这样的情景，无疑充满了灵性，洋溢着动感。

充满灵性和动感的，还有那些无处不在、明暗各异的光。已是下午时分，阳光很强烈。可在峡谷里，偏偏就一段灿烂，一段幽暗。阳光从峰顶泄入，时而像一把扇，照亮了整面山峰，时而又像一把剑，偏偏从一孔小洞挤入，刺出仅仅一缕亮丽，让峡谷内或明或暗，或热烈奔放，或阴森寒冷。朋友李亚宏此行拍摄的《黄河石林之饮马大峡谷》，在甘肃省摄影大赛中获了奖，说到底，就是光的杰作。

二三十米宽的峡谷，足够开阔了，遇着前方有数块巨石挡道，远看无路可走，行到近前，才发现峰回路转，宽敞得能让汽车绕石而过。且行且看，待穿过近十里长的峡谷，一片开阔地上，停放着若干辆袖珍沙漠车。车主过来揽客，说，乘沙漠车从前方窄道上去，就可看到石林全貌。我们上了一辆，到了山顶，登高远眺，但见万峰林立，峡谷蜿蜒，层峦叠嶂，无边无际，由黄色沙砾岩构成的10平方公里古石林群尽收眼底，既像汹涌海浪，瞬间凝固，又似青笋拔节，遇雨疯长。

我忽然想起了罗中立的《父亲》，苍老的脸上，沟壑纵横，这是时光留下的痕迹。那么眼前这些造型奇特的石林，不也是时光的锋刃，经成年累月削刻而成的吗？我们平日所做的一切，与其说是在察人观物，不如说是在品味时光的冷漠与无情。

已是黄昏时分，阳光显得柔媚、虚幻了许多。北望，黄河静静流过，像是穿越石林的一道蓝色的血管，灵动不止，奔涌不息。我们准备夜宿景区，在亿万时光的精华中，酣睡一粒麦芒的长度，也是特别奇妙的事。

很多院落，可供食宿。找了一院二层楼，老板娘说，这里是老村长客栈，房屋、被褥都是新的，我给你们做家常饭。老板娘特别自豪，不仅聊家长里短，还畅想着村里的未来。这里是龙湾村，有中国最美乡村之称。黄河如龙，在这里拐了几个大弯。再过十天半月的，羊皮筏子、峡谷驼队开始营运，果树开花结果，龙湾村才是真的美呢。

这一夜，我睡得特别香，像是沉进了时光的最深最绚之处。

天刚蒙蒙亮，再沿22道弯上去。俯瞰石林、绿洲、黄河、戈壁，彼此依偎，相映生辉。在石林强壮的臂弯里，龙湾村还在睡眼惺忪，几缕炊烟，随风升起。千顷田地，阡陌分明，棵棵果树，枝节舒展，簇拥着农庄。黄河由东向西，横穿而过，静静地流淌。眼前所见，宛若世外桃源。

穿行奇绝高耸的石林，我感受到了时光的锋刃，冷冷的。黄河绕流龙湾村的静谧，又让我探寻到了时光的触摸，暖暖的。在这样的冷暖之间，石林、黄河与龙湾村，又迎来了崭新的一天。

红色照千堡

这次去通渭，我们是想探寻一种颜色、一种精神。当一种颜色，被倾注了真挚的情感，而具有了象征意义的时候，不管是颜色还是它所寓意的精神，都拥有了伟大的品质。车子在不高的土山之间穿行，植被很好，阳光灿烂，偶见农人缓行，牛羊觅草。沿途的山头上，几乎都有围筑的土堡，呈圆形、方形、三角形、矩形或不规则形状，身披沧桑和纷乱，厚重而威仪地矗立着。通渭被称为"千堡之县"，确实不假。时间若充裕的话，一定要上堡看看。

前方有岔路。望着依次远去的古堡，我们聊着红军、红色、长征和榜罗会议的话题，向榜罗会议革命遗址方向行驶。

1935年9月26日，中国工农红军陕甘支队进入通渭。9月27日，在榜罗镇小学校长室召开了中共中央政治局会议，毛泽东、张闻天、周恩来、博古、王稼祥出席会议，史称"榜罗镇会议"。从此，位于甘肃省中部的通渭县，烙上了灿烂的红色印迹，成为了中国工农红军走出草地后占领的第一座县城。榜罗镇并不大，似乎只有一条街的样子。而这一条街，便是著名的将帅住宿一条街。土木瓦房，单檐商铺，在阳光下显得朴实无华，祥和而慵懒。同样祥和的，还有六七位兴致勃勃玩纸牌的老人，留着长须，张开没牙的嘴巴，一边向我们微笑，一边用手比画着，颇自豪地说"里边是主席住过的房子"。他们讲的"里边"，就是榜罗会议旧址的位置。

一座 600 多平方米的小院，幽静雅致。土木房，木格窗，内置桌、椅、炕，陈设简单，器物破旧。就是在这里，中共中央改变了俄界会议决定，而确定将中央和红军长征的落脚点放在陕北，正式决定以陕甘苏区作为领导中国革命的大本营。红军长征的伟大，在于信念坚定、不畏艰险，还在于每一个转折时期，能够审时度势调整战略，制定正确的前进方向。湖南通道、贵州黎平和遵义、四川会理和巴西、甘肃榜罗和哈达铺会议等，都是如此，力挽危局。东侧为张闻天住宿旧址，西侧为警卫室。我边走边想，在几个房间慢慢出入，怕触碰，又渴望唤醒。当年的残酷、无畏和大智、热烈，我等自该永久缅怀，心存感恩。院内两棵松树，葱郁挺拔，宛若长征精神，刚正不屈。其他领导人的住宿旧居分布于镇区的 17 户民居院落，均为当地清末民初民居建筑。此外，长 200多米的将帅住宿一条街，也就是我们经过和进来的街道，是当年邓发、杨得志、肖华等红军将领和战士集中住宿的地方。如果闭上眼睛，细细倾听，红军战士们和衣而卧、低声交谈的情景，不远不近，就在眼前。

离开一条街，我们登上镇郊一处山顶，榜罗镇尽收眼底。楼院错致，绿树成荫，安静却充满生机。恰逢广东《重走长征路》联合摄制组在此取景，一车几人，边摄边谈。我不懂粤语，听不懂他们说什么，看讲话的姿态，莫不是在回味毛泽东在通渭县城首次朗诵《七律·长征》的情形？或者在讨论华家岭阻击战的壮烈、四岩山战斗的残酷？或者，是想起了红军战士在通渭城的文艺大联欢、享受通渭温泉疗养的欢快？其实何止这些，通渭全境，几乎到处留有红军战斗和生活过的足迹。1935 年

8月13日，红二十五军过境；1936年9月3日，红四方面军过境；1936年10月12日，红二方面军过境。红旗飘扬，五角星闪耀，通渭的红色，值得我们探究和骄傲。

要回去了，想看看沿途的古堡。当地人称为"堡子"，几乎每个山头都有。选比较矮的一处山顶，爬上山去。堡有豁口，供人出入。堡前有沟环绕，应该是护堡沟，不知道以前是否有水。从豁口进去，平坦开阔，足有十余亩，生长着薰衣草、土豆和青草，有台阶可上堡墙警戒，山下村落一览无余。正观赏间，一老汉举着牧羊鞭，也进堡来。大概是他发现了我们，跟上来的。我们好奇的是堡，他好奇的是我们。和老汉谈笑间，方知通渭古堡始自北宋，有官堡、族堡、家堡之分，筑造坚固，全县大约有1500座，即每村足有四堡之多。西北地区纷乱无常，官民饱受侵扰之苦，筑堡自然成了大家寻求庇佑的有效方法。以前，堡内有房，有食物，供百姓坚守、暂避和生活。据说，附近的王家集堡，曾被土匪攻破，藏匿堡中的全村老少，惨遭屠杀。"不过，主席来了，土匪都吓跑了。"这是老汉的原话，语气铿锵无畏。可见红军的到来，让红色照亮了千堡，百姓们从此看到了希望。1949年以后，通渭县修寨筑堡的历史正式结束。其实，藏族群众也有居高造屋的传统，屋舍似堡垒，易守难攻，如今生活安定了，才搬到开阔处居住。

通渭此行，让我领略了长征精神，也见识了红色的力量。昔日匪患兵乱，千疮百孔，百姓筑千堡以求庇护。如今惬意耕读，尽享阳光，即使普通的通渭人家，也喜好字画，街头常见摆摊者，挥毫泼墨，且观者、购者甚多，文化氛围浓厚。临下山时，头顶飘来几朵白云，静静地停在古堡上空，像在微笑，又像在呢喃。老汉挥了一下羊鞭，嘴里喊了一声什么，向我们挥手道别，绽开满脸的笑意。夕阳正浓，满满地铺洒在老汉身上，红红的，暖暖的，好似我们此刻的心情。

叩门石城扎尕那

从若尔盖草原一路过来，沿途蓝天碧野，溪流百转，草青花茂，牛羊点点，时有经幡迎风劲舞，牧人策马扬鞭。七月的甘南，九色纷呈，鲜嫩欲滴，步步皆美景。一路走，一路陶醉。不经意间，辽阔的草原转瞬不见，已经进入迭部县城，往西北三四十公里，眼前一道峡谷，直插群山之腹。车子慢慢驶入，两旁石壁林立，森林茂密，遮住了半边蓝天，石山如影随形，一路不绝。

场景的过快转换，让我们这些观众有些猝不及防。还没有从草原的柔媚中脱身出来，已经穿越峡谷，到了石城扎尕那，仿佛莺歌未尽，钢刀已然出鞘的感觉，令我一度有些恍惚。藏语曰"石匣子"的扎尕那，曾被美籍奥地利植物学家、探险家约瑟夫·洛克誉为亚当和夏娃的诞生地。就是这个洛克，20世纪20年代来到中国西部，在汉藏边缘地区生活了27年，研究成果轰动西方，将万里之外人们的目光引向这个"神秘和梦幻参半"的角落。峡谷走尽，豁然开朗。四周石山层叠高耸，将伏卧谷底的村寨、森林、河流、草场揽入怀中，密不透风。扎尕那，宛如一座古朴幽深、婉约秀丽的城堡，或巨型宫殿。我们远道而来，叩门而入，环顾四周，惊讶不已。

环绕四周的山峰，很多如刀砍斧凿，寸草不生，近乎垂直的岩层闪着银光；而另外一些山脉则披挂着绿色的绒毯，连岩石的褶皱也柔和无比。大片的原生态木板楼，依山修建，和周围的群山、森林，甚至蓝天、白云浑然一体。之前已经预约了住所。一座锥状耸立的石峰下，一幢藏族风格的三层小楼，一层白墙砖房，二层实木红屋，三层玻璃彩钢，东哇村的"扎尕那旅行者之家"标牌鲜艳醒目。一位身穿藏袍、瘦削而精干的中年人迎过来，带我们上到二层，说，头两间房，就是给你们留的，对面有餐厅，可点菜。吩咐完毕，自行离开。我们放下行李，歇息之际，才发现各屋内外，皆本色实木，壁、桌、床、椅看不到一枚钉子，试着推敲，简朴结实。在屋内停歇片刻，我们向西上山，步入一片藏寨，登高回望扎尕那石城。

此刻正是黄昏，太阳做出一副下山的姿态，时而明媚，时而阴霾，将扎尕那渲染得溢光流彩，明暗交织。四个藏族寨子东哇、纳加、业日、代巴和拉桑寺，静静地躺在犬牙交错的群山环抱中，任一片灿烂，或一抹娇媚的阳光，铺盖其上，慵懒惬意。巍峨群峰，翠绿山坡，灰黄村寨，金黄塔顶，将扎尕那石城装扮得美若仙境。远处村落的最高处，紧靠山峰石壁的地方，是白塔和拉桑寺。路边散落着一座座藏式塌板房，鳞次栉比，层叠而上。经幡、风马旗迎风飘扬。山前这片峡谷中的山洪冲积扇上，沿坡种了一片大麦和青稞，秆粗壮，粒饱满，已到成熟期。周围竖立着很多由粗壮的木棍搭设成的梯架，起初疑惑它的用途，几人讨论半天，无果。不久眼见为实，方才明白这原是青稞架，专供晾晒大麦、青稞用。对着黄昏下的石城拍摄时，没留意有五六个七八岁的藏族孩子，目光清澈，露出怯怯的笑意，围拢在我们身边。其中一位小家伙，用衣襟兜着什么，鼓鼓囊囊的。我问兜着什么。他一脸神秘，不让我们看。

只是问，你们要买石头吗？一块钱一个。石头？看我们好奇，小孩轻轻解开衣襟，里面竟然都是拳头般大小的石头，灰白色，有小孔。我们哑然失笑，这种小石头，光盖山下应该很多。看我们没有要买他石头的意思，孩子有些失望，将兜着的石头悄悄扔了，默默离开。事后我有些后悔，当时应该买两三块石头，让孩子高兴一下，有何不可。

天色渐暗，我们回到住所用餐。餐厅里陆续来了很多游客，电视里开始播放央视《远方的家》，正是关于扎尕那的这一集。忽然发现片中的向导有些面熟，像在哪里见过。其实很多人和我一样，片刻就明白过来，向导正是"扎尕那旅行者之家"的店主。从片中知道，向导名叫尕斗九。说话间，尕斗九已经到了餐厅，向我们介绍起了扎尕那。他说，扎尕那石城四面环山，有三道石门可以进入，其中纳加石门可直通迭部县城。西北侧是后门，直通卓尼县的扎祐禄，是洮迭古道旧址。石城的正北是古称"石镜山"的光盖山，因灰白色岩石易反光而得名。东边岩壁，终年云雾缭绕。南边两座石峰相峙成石门。和片中播放的一样，看得出来，尕斗九喜欢徒步跋涉，并以此为副业。他详细介绍了一条扎尕那徒步深度游线路，即从容闹沟，经桑谷石门、涅甘达娃神峰、扎尕那石林、曹日卡高山湖、久保沟等，直至扎尕叶梁、古刚龙道、三角石，需要三天时间，翻越十多个海拔 3500～4200 米的垭口，行程近百公里，沿途四季更替，森林、草原、雪山、险峰、溪流、峡谷等，十里不同天。这样的跋涉，我自问无力完成。但稍轻松一些的征程，应该可以吧。

次日凌晨，太阳尚未升起，我们向东南出发，徒步扎尕那比较轻松的仙女滩、仙女湖线路。朦胧之中，山坡缓缓向上，遍地青草野花，露珠点点，空气清爽，弥漫着淡淡的草香。十多分钟的路程，穿过一片松林，眼前开阔一片，百余亩的草甸，各色小小的野花正开得鲜艳。边上有座帐篷，帐篷外支了一座火炉，几个小僧徒，正在升火烧水。回望扎尕那石城，正笼罩在一层薄薄的云雾中，亦真亦幻，似梦似醒。再往前走，路变得窄了，渐渐隐入丛林，隐入深山之间。继续前行，几位同伴已经气喘吁吁，越走越慢，陆续停下了脚步。近四千米的海拔，让徒步变得有些吃力。我独自在林中穿行，脚下的小路，开始泥泞起来，有牛马蹄印。时而有潺潺溪流，从路上淌过；时而有嶙峋石块，参差竖立；时而又有老树盘根，根系裸露变成了路。两侧各几十米的林区，林外皆是直立的峭壁，有绿色始终陪护我，有鸟鸣声、水流声一路伴随着我，竟有些梦游仙境的味道。同伴已经力竭返回了，我仍在慢慢前行。沿途不见一人一畜，除了鸟鸣、溪流声，周围静得有些不可思议。

　　林深人静，鸟鸣山幽，两边的树丛已将小路挤成了一条小缝，七八米外，竟看不到路的模样。仙女湖一直未到。我有些怯步了，假想从两边的苍柏、青松、白桦林中忽然蹿出一只虎、狼、熊之类，哪怕一只狐、一只鹿蹦将出来，岂不也吓煞人？扎尕那野性十足，除了丰富的植物资源，野生动物也多，像雪豹、金雕、狗熊、猞猁、野猪、蓝马鸡等，均有发现。我停住了脚步，仿佛已经与一匹狼、一只熊近程对视，顿生寒意，准备返回了，思想对于行动的影响就是如此直接而强烈。仙女湖没见到，石门石林、飞瀑悬泉更是无缘近观。扎尕那的神秘，就这样继续隐藏进了我的记忆之中。看来美景的发现程度，与跋涉难易是成正比的。由此，又让我想起了洛克的执着和伟大。

　　叩开了石城之门，扎尕那依然云遮雾绕。我们看到了它美丽的容颜，却未读懂它千年的深邃。很羡慕尕斗九他们，让扎尕那充满了生机与暖意。中午时分，我们离开，沿原路出了峡谷。一道灵性的石门，似乎在身后徐徐关闭，等待着叩门声再次响起。此刻，我记起日前读过洛克写到扎尕那的一段话："我为这荒原而生，也愿在这里度过晚年。"扎尕那之行，已经让我感觉到，只有更真诚地贴近自然，才能让我们的身体和灵魂获得久远的安宁。

我要去新疆

我曾经有过想法，所谓旅行，最佳的方式，要么一舟轻荡，慢到烟雨飘摇。要么一骑绝尘，快到纵情驰骋。多少年了，这样亦动亦静的旅行，却很少能够实现。

今年以来，从很早就规划了，我要去新疆。因为我忽然发现，只有广袤而绝美的新疆，才能满足我一骑之快、一舟之慢的双重愿望。在戈壁旷野中疾行，在锦绣山川中驻留，想快就快，想慢就慢，快有快的激情，慢有慢的惬意。有动有静，方可寄情山水，体验户外。在时间的选择上，当然是在秋季，国庆长假期间。秋日的新疆，瓜果飘香，繁花遍野。天山天池、喀纳斯、巴音布鲁克、赛里木湖、魔鬼城、那拉提、塔什库尔干、木扎尔特等，所有的辽阔壮美，在一个一个陌生而又熟悉的地名中，闪闪发光。

旅伴很重要，亏了有我们四五个，算是志趣相投之人。自驾、单反、早出晚归、风餐露宿，这些条件全部满足。最近几年，青海、四川、宁夏、内蒙古，数千公里，都是这样过来的，几乎每年要出去一趟。今年去新疆，是大家的一致愿望。为此，专门建立了"梦游新疆"群，闲暇之时，若干线路、方略，一遍一遍被提及，被模拟，出行的条件已经成熟了。

其实我去过新疆，2015年秋，也是国庆长假，和家人去了石河子。不过那是探亲，坐火车去的。表叔们的待客之道，像新疆的大地一样厚重而热情，让你离不开家，离不开他们的视线。一望无垠的棉花地，满口脆甜的鲜枣，热闹非凡的集市，以及大盘鸡、馕、烤肉、坚果等，给我们留下了极深的印象。但踏在新疆的土地上，不能纵横驰骋，撒着欢儿地四处赏玩，却是一件憾事。有朝一日，南疆北疆，畅游数日，从此成了梦寐以求之事，被无数次记起。

旅行，其实就是一道佳肴，细品之下，能够感受到人生的美好。

对于旅行，其实我还有一个误区。一直以为旅行就是游山玩水，观景赏花，从新疆回来不久，我就感觉这样的旅行理念，错了，至少应该是不完美。因为此时的我，读了李娟的《我的阿勒泰》《冬牧场》，正在读刘亮程的《在新疆》《一个人的村庄》。读书和旅行宛如一对孪生兄弟，相辅相成，互为补充。这也应该是古人所谓"读万卷书、行万里路"的道理所在。而我对于旅行的重新解读，应该是到了一定的年龄，方能悟到的。

读李娟和刘亮程书的过程，让我清晰地意识到，旅行的意义，还在于感受他乡的俗世人文，亲身体验生活的异彩纷呈。我不仅想看漫山红遍，层林尽染，还想去李娟笔下的"乡村舞会"和"弹唱会"，像她一样"在荒野中睡觉"，骑"摩托车穿过春天的荒野"，甚至，心里还在思忖着，有没有机会也体验一下"什么叫零下42度"。当然了，我还想去刘亮程笔下的库车巴扎，去喊两声"买买提"或"古丽"，去聆听上千个买买提、上万个古丽的故事。

我曾经在石河子集市上，见过一个笑容可掬的"买买提"，花白头发，留着长须，摇着扇子，在集市卖馕。他的馕摆了满满一案板，横着放，竖着立，摞成堆，排成行。若是现在，我会走过去，买两个馕，和他唠上很久，而不只是做一个陌生的过路人。如果可能的话，我甚至想跟着买买提，去他家里，看着他做，甚至学着他做一两个馕。还想跟着美丽的古丽，跳一曲新疆舞，不管是赛乃姆舞，还是纳孜尔库姆舞、萨玛舞、刀郎舞，只要跟着跳起来，快乐就会如影随形。或许，这才是我心目中真正的旅行。

如今，诱惑我的除了美景美食，还有民族风情、百姓生活。我要去新疆，想要融入新疆的山川、人群和生活，还想做一个忠实的记录者。

第四辑　开卷·若思

　　忽然发现，自己最青涩、最纯洁的青春年代，都与书紧密相关。买书、借书、送书，以及和书相关的一切，竟然在记忆中如此清晰，如此温馨。20多年过去了，当我忆起当初相互送书的几位同学时，无意间发现，那些同学，如今仍然是我最好的朋友。

　　　　　　　　　　　　——《送你一本书》

开始读书吧

心里忽然一阵惶恐，叹自己又丢失了一段光阴。因为我已经好些天，都没有读书了。

时光是需要经常将一将的，就像拔除一些杂草，让苗木更畅快地吸收阳光和雨露。而我已经疏忽了很久，杂草几乎淹没了脚踝，待抬腿之际，方才醒悟过来。没有读书的日子，空洞，浮躁，迷惘，世俗，我感觉自己的思维矮了下来，甚至喜欢空谈了，无目的，无边际，没有意义。于是，我感到了不安。

始终觉得，人之一生，是应该好好读些书的。读书的时候，心会安静，温暖起来。眼会开阔，透彻起来。读书，何尝不是和很多有思想、有情感的人交朋友，击掌交心；何尝不是去很多山清水秀的胜地赏游，清肺明目。而我已经很久不交友，不出游了。

我的时光中，从来不缺书的身影。

年少时，喜欢读国内外名著，捧着厚厚的大部头，深锁眉头，抄抄写写，俨然一副老学究的模样。在部队四年，置办的书籍，退伍时整整拖运了两大木箱。偶尔会翻阅《世界抒情诗选》等，几乎每一页的书眉上，密密麻麻写满了感悟。嗯嗯，那个时候，就是一个年轻的老学究。曾经喜读诗歌和小说，会充满激情地朗诵郭沫若的"啊，我年青的女郎！我不辜负你的殷勤，你也不要辜负了我的思量。我为我心爱的人儿，燃到了这般模样！"会温情脉脉地背诵舒婷的《致橡树》《神女峰》《祖国呵，我亲爱的祖国》，一句"与其在悬崖上展览千年，不如在爱人肩头痛哭一晚"让我扼腕长叹，唏嘘不已。想象自己一会儿是"全无用处"的方鸿渐，一会儿又成了饱经磨难的章永璘，甚至还会变身为秦叔宝、关云长，骑黄骠赤兔，舞瓦面金锏或青龙偃月刀，威风盖世。尽管，以前读过的很多书，都已经忘记了情节，忘记了人物，但我一直相信，读书就是交友、出游，潜移默化间，朋友和山水的灵气，已然悄悄地依附在了我的身心，我的骨髓。

好像有两三个月了，床头摆了书，桌边堆着书，却一直没有开卷。

《迟子建散文》读了半部，书签夹在第87页。《大地的阶梯》刚读不久，第8页夹了书签。又想读《冬牧场》，拿了放在床头，新找了书签，在扉页。"自从我出了两本书后，我妈便在村子里四处吹嘘我是'作家'。"李娟笔下这样清新有趣的开头，就吸引了我，但就是没有展开来读，像是眼前一圈绚丽的光影，闪闪烁烁，总也捉不住。其实特别想读，像《田园之秋》《知堂回想录》《低吟的荒野》等，我已经窥伺良久，却终未得手。藏区的神圣和沉重，是我最想触摸的地方，信心满满地将《大地的阶梯》翻开了，不知何故，却一置数日。阿来之后，我记得还排了序，依次要识得陈冠学、刘亮程、高尔泰、冯唐的，竟一直过门而不叩。成了失信失约之人，自忖愧疚汗颜。

前些日子，草婴先生辞世，让我不由得记起，梁宗岱、戴望舒、刘湛秋、查良铮、屠岸这些名字，他们的译诗，伴随了我许多年。也就是从此刻起，我心里才起了惶恐。上一次是读了什么书呢？我想捋一下思路，对，是《坐店翻书》，扫红娓娓道来读书人和尚书吧的故事。掩卷之后，意犹未尽，又从孔夫子旧书网淘来《尚书吧故事》，当成前传来读。写了一篇书评，发表了，将当期的报纸寄给了深圳尚书吧，那个叫扫红的女子，以示敬意。殊不知，扫红早已离开了尚书吧。"飘然而去，永不出现。像遁入空门，六根清净，心无挂碍，一切成空。"多日后，从姚言的文章中，无意读到这段，我无语，怔住许久。我再次提醒自己，世间诸事无常，读书当是坚持之事，一刻不可懈怠。开卷之时，可作识人阅世之初，虔诚而郑重。读书，以及和读书有关的事，一直以来，都不离不弃，吸引着我。

开始读书吧，抛开那些世俗的诱惑。我对自己说。说得很诚恳，很迫切。我也听见自己回答，嗯，好，早该这样了。

我需要捋一捋自己的时光了，让阳光进来，让雨露进来，让阿来们进来，让陈冠学们进来。当然了，我心目中的读书，是展开一部完整的著作，从头读起，不是片段式、零星式地浏览。开始读书吧，挤一挤时间。我默默地说着这样的话，告诫着自己，又像是告诫着身边的其他人。感觉内心又安静了，眼界又开阔了。

从现在起，开始读书吧。

一双穿越时空的眼睛

芳村。在现实生活中，恐怕很少有这种名字的村庄。刚读到芳村这个名字时，我有些纳闷，听惯了家乡的村庄，这个湾那个洼，或者谁家庄、谁家村，诸如此类的名字，芳村这两个字，让我感觉到了一丝温暖。等读完付秀莹《爱情到处流传》，在芳村，具体说是在"我"父亲、母亲身边发生的故事，我才明白过来，芳村被作者赋予了何等温馨、祥和、雅致而醇美的色彩。

父亲、母亲、四婶子、我（妮妮）、哥哥、三三，小说中几乎就这六个人物。在镇上教书的父亲，戴着眼镜，他的儒雅、气质和文化成了芳村一座高高的山。母亲，出身财主家，却内能持家，外可侍弄田地，且心思缜密，宽容、豁达而柔美的女子。四婶子，新婚不久就丧夫了，很"媚"的"巧人儿"。三个人之间所发生的事，说穿了，是再简单不过的故事。甚至，是我们可以想象出情节或者结尾的故事。如此简单的故事，却将我深深地吸引了。

在作者笔下，芳村，应该说是芳村家里的一切，身边的一切，不

133

管一片树叶、一缕微风、一群蚂蚁，夕阳、刀螂、蝉鸣，还是灯光、炊烟、雪花膏，都紧紧地包裹在浓浓的温情里，从道具的角度，随着父母亲故事的发展，一层层地铺垫开来，渲染起来。一切似乎都是孩子眼中的琐细，却又不全是。看见一群蚂蚁，拿树叶挡开，看它们乱；一口口水，让它们慌，这是孩子眼中有趣的事。在草垛间捉迷藏，拿筷了打架，这也是孩子们常玩的游戏。一周一次的牙祭，偷用母亲的雪花膏，夜晚偶听母亲饮泣、父亲没有了鼾声，却实在睁不开眼睛，而睡了过去。这些都写得何其稚雅，完全是一个不谙世事的孩子眼中真真切切所见、所想、所做的事情。可还有一些，父亲读书时的安逸和恍惚、对着家人的掩饰和窘迫，芳村的淳朴民风，母亲的宽容、超然，以及一些让人读起来流光溢彩，想起来心生陶醉的细节，例如漏过树荫的阳光、吐缨的玉米、轻轻飘过的流云等，文中随处可见的这些鲜活的细节，却更多地让人觉得，这是由若干年后的"我"感觉到的。作者用一双穿越时空的眼睛，一点一滴地将许久以前发生过的事情，仔仔细细地拾掇了起来，又一针一线地编织成淡雅、恬静而温情的结。而我们阅读的过程，就是一丝一缕解开这些结的过程。

起先，家人之间和谐温存，读书、纳鞋底、打牙祭、听房、母亲拣米、父亲的逗乐等，幸福的日子似乎就这样，像河流一般静静地流淌。然而，从四婶子后来很少来"我"家开始，这条静静流淌的幸福河流，竟然像是被蒙上了一层冰冷的雨雪。从"我"的叙述中，父母和四婶子中间发生的一切，似乎都隐隐约约地出现了。母亲首先感觉到了，知道了很多，却一直隐忍，除了依旧操持家务，照顾家人外，甚至比照着四婶子的模样，开始打扮起自己来。或许真如"我"感觉到的，或者是村人们理解到的，父亲和四婶子，郎才女貌，真心相爱。在文中，我们读不到对于四婶子的诋毁和愤怒。后来"我"发现了父亲和四婶子在麦秸垛后面的事，尽管文中开始出现了"林间有毒的蘑菇""雨夜里滋生暗长"这样的语句；尽管"我"当着母亲的面，从父亲头发上摘下一根写着他罪证的草秸屑。四婶子这个人物，在"我"，在读者眼里，依然是有着"一层淡淡的光晕"的"巧人儿"。

小说中唯一一个最有始有终，最"惊心动魄"的情节，就是"麦秸屑"事件。"我"和小伙伴三三玩捉迷藏时，发现了天黑时，父亲和四婶子在麦秸垛的事。而晚上父亲回家后，"我"从他的头发上择下一根小小的麦秸屑。这件事宛如一块巨大的礁石，从父母幸福的河流里裸露了出来。之前尽管母亲对于父亲也有发觉，可这根麦秸屑无疑成了一份有力的证据。父亲的惊讶、窘迫可想而知。事情的发展却出乎所有人意料，"母亲抬眼看了一下电灯，咕哝道，这电压，不稳。"一句话，五个字，所有的一切，竟然就这么被轻轻地涂抹了过去。母亲像一只"在灯前跌跌撞撞"的"蛾子"，她的聪慧、睿智、宽容，甚至悲悯、苍凉、幽怨，都被深深地包裹在了这五个字里面。母亲驾驭着自己和父亲共有的小船，就这样轻轻巧巧地，从礁石旁绕了过去。也正是因为如此，小船才会继续着它祥和而幸福的旅程，而不至于被撞得支离破碎、面目全非。尽管，小船上也留下了一些疮痍，可修缮一下，依然能够扬帆千里。

母亲的勤快、宽容和聪明，是"我"着力渲染的内容。父亲和四婶子的故事，最终是由母亲来结尾的。是母亲主动去找四婶子交好，"若无其事"地约她赶集、下地、说笑。这不是一般女人能够做到的，而母亲做到了。这与其说是妥协，倒不如说是大智若愚更贴切些。当然，这份"大智"绝不仅仅是妥协，因为母亲在眼里看着父亲，嘴里问着四婶子"甜不甜，这瓜？"的时候，已经将自己的豁达、超然，甚至委屈、挑衅和愤懑一股脑地抛了出来。父亲虽然心里恨着，脸上却能黯淡地笑，也不能不说是气度非凡了。

辉煌的阳光盛开在院子里，母亲舒服地坐在椅子上，回望着当年的一切，从容而淡定。父亲躺在藤椅上，微阖着双眼养神。父亲，母亲，仿佛两棵经历了风风雨雨，却依然感慨良多的树。如此优美的亲情、淡雅的情节，这般朦胧的描述、细腻的口吻，让我不禁想起了另一篇小说，即迟子建的《花瓣饭》。

与舒缓、淡雅的情节相吻合的，是作者舒缓又轻快的短句。"两旁，是庄稼地"。"也因此，在芳村，我的母亲，是一个很受人瞩目的人。""多年以后，我才发现，原来，母亲的打扮是有参照的。"等等，随处可见。小说中远景、近景交相辉映，阳光、蝉鸣、风、蘑菇、青草、蛾子、瓜等，都成了心情的最好写照、最美衬托，它们朦胧却如实地映衬着父母、"我"等人思绪的脉动，如一面镜子，倾诉着你的喜怒哀乐。

《爱情到处流传》就是这样一幅舒缓、淡雅，清秀、优美的水彩画，虽然只是寥寥数笔，却牵引出了我们内心浓浓的暖意。作者付秀莹是我们国土资源系统出来的知名作家，蒙她垂爱，我的几篇小文章，在她担任编辑的国土报副刊上发表。这次发现她的《爱情到处流传》，却完全是在我毫无准备的情况下实现的。从 2001 年开始，每年都定期购买人民文学出版社的"21 世纪年度小说、散文选"。拿到 2009 年短篇小说选后，开卷一读，发现了《爱情到处流传》这篇小说，引发了这段感想。

裸露在风中的草场

初春时节，我们自驾去了青海。最远到了玉树，游走在石经城、勒巴沟、三江源的藏域圣地，后沿玛多、贵德，经巴颜喀拉山脉返回。大地苍茫辽阔，稍许枯黄的草场一望无际，有雪峰不时在远方闪现，它们是草原、牧民和牛羊的守护神，忠厚肃穆。国道笔直而深邃，仿佛一只巨犁耕出的疤痕，寸草不生，结着厚厚的痂。太阳出来了，满目金黄。我们恍惚之间，觉得自己成了爬行在巨幅油画中一只寂寞的昆虫。

很少见到牧人，却不时有一群一群的牦牛，在无边的草场中，静静地觅食。最初是一个个浑圆的黑点，像棋子散落于天地之间，慢慢地近了，清晰了，憨态可掬，旁若无人。偶尔有一座座帐篷，一缕缕炊烟，透出一丝浓浓的暖意。还有一汪溪流、一池湖泊，大多以固体的姿态，泛着银白色的光，随处可见。走不多远，便有五彩的经幡，在风中劲舞，传播着信仰的光芒。雪峰、草原、湖泊、牛羊、经幡，以及阳光下隐约飘浮的朝雾，层次鲜明，凝重辽阔，北方的美，就是这样霸气和磅礴。每走一段，忍受不了这博大与雄浑之美，定要停车观赏。待下车后，才发现劲风狂舞，呼呼有声，甚至稍不留意，便会将人掀翻。虽已入春，但这里仍然冬意颇浓。亏了我们全副户外装束，才能尽情车外，远眺无妨。

路边忽现一池很大的湖泊，湖面上站着一群牦牛，黑白分明。湖泊封冻了，牦牛才可以这样任性地，或舐食，或漫步，悠闲自在。湖的另一边，几匹马，两个矮矮的牧人，看样子是孩子，静静地，向我们张望。一只小狗，撒着欢向我们冲来，吠了几声，停下脚步，回头瞧了瞧主人，又远远地吠了几声。这样的景致，给壮美的高原平添了几丝灵性，像是一根茸毛，轻轻地撩拨了一下灵魂，忽然就莫名地感动了我。这样的感动，还来自不久前郑钧的《风马》MV，雪原，湖泊，牛羊，经幡，以及随风转动的经轮、以额触地的叩拜，青海的壮丽大美，只有走过，读过，看过，经过，才能从灵魂深处被触动。

平行于我们行驶的方向，有另一条正在建设的新路，还有桥梁，有工人在忙碌。忽然发现了不一样的景象。新的路面稍高，路基的坡面上，满是块状的草坯，一堆堆，一块块，被翻开、铺陈，像废弃的毯子，散乱、无根。很快明白了，这些草坯原本生长在新路面所在的地方，因为修路，而被剥离，被揭开了。为了生态保护的缘故，这些草坯又被重新铺盖在了路基的坡面，想必春天到了，自会生根，重新发芽。震撼我们的，还不止这些被剥离的草坯，而是这些无边无际，裸露在风中的草场，现在尚显枯黄，不久肯定青绿的草坯，竟然仅有四五指厚，草坯底下，竟然大多是光秃秃的荒漠，甚至是沙砾。狂风一刻不止，草场在风中战栗或战斗不息。我们当时的震惊，或者是惧怕，无以言表。依照我们的想象，草场的根系，应该远比现在繁茂。广袤而碧绿的草原，身下必是湿地润泽，溪流潺潺，沃野千里，虫鸟欢歌。完全没有料到的是，眼前的牧草，不仅如此纤弱、薄浅，而且头顶烈风，身底沙砾，却依然以或枯黄，或青绿的姿态，岁岁年年，倾其全力，养护着气候、河流、牲畜和辛劳的牧人。

其实，我们心里都存有一种侥幸，感觉此刻看到草场下的荒漠，或许只是偶然，只是囿于此处，方圆几里而已，不足多虑。太阳升起了，晴空万里，但烈风依旧，裸露在风中的草场，在积蓄着力量，渴望在春天焕发新妆。希望是好的，却仍然阻挡不了我们心底的疑虑。回家后，我查阅了一些青海牧场的资料，方才知道，我们的担忧确实存在。资料显示，青海省已成为全国荒漠化面积较大、类型较多、侵蚀程度严重且具有代表性的荒漠大省之一。而且，常年大风，将大量沙土刮入青海湖，美丽的青海湖也难逃沙漠化威胁。环境恶劣、草地退化、无序开发等，让壮美的万里草场、江河源头蒙上了一层挥之不去的隐忧。想来也是，凡大美之物，都是需要鼎力呵护、倍加珍惜的。假使任其生灭，挥霍无度，即使拥有再多的绿野、江河，又能保存多久呢。由此，当前实施生态环境保护，显得尤为紧迫和重要，也是我们顺应自然的自救措施。

数日来，大美青海，以及草场下的荒漠，就这样矛盾地鲜活在我的脑海。一次偶尔提及，朋友说，"人活一百岁，心存千古忧，善念。"这颇有禅意的留言，又让我的心，轻轻地痛了。

书架情结

喜欢在影视中看一个场景，主人公戴着眼镜，侃侃而谈，身后很厚实的书架，里面摆满书籍。这样的镜头很多见，我也百看不厌。久而久之，瞅出了一些端倪，有些书架里，摆放着簇新的大部头，看似一些精装套书、词典之类，在主人眼里，它们的价值，是否观赏性大于实用性也未可知。倒是摆放着规格各异、新旧不一书籍的那些书架，该是货真价实的。

虽说有书非借不能读的说法，可我觉得，还是自己的书用起来顺手，读起来方便，不必在意时间的约束，想读哪本读哪本，想哪天读就哪天读，平时查找资料，也不必东找西借，浪费精力。不经意间，我的藏书已达五六百册。早年喜欢诗歌，后来喜欢小说，现在又对散文情有独钟，最近以来，觉得历史、地理也不错，由此可觑见我的藏书类型，也算小有规模了。

早些年，书不多且无容身之地，大都蜷缩着撂在几个抽屉里，要想从中找一本书，得翻个底儿朝天，方能如愿。因此，一直以来，我都渴望拥有一个属于自己的书架，那种书脊朝外、查找方便、取放自由的书架，使自己的藏书既可以很好保存，又能够随时检阅，稍带着还可以适当满足一下虚荣心，可谓一举多得。可现实与愿望总仿佛隔河而望，给你买书就已经不错了，再单独置办书架，家里的经济条件还未充裕到如此地步。我对书架的渴望便这样一直空悬着，成了可望而不可即的幻想。

上高中时，家里筹钱翻建房屋，一些旧家具随之被淘汰。我看机会成熟了，便大着胆子向父亲提出，给自己做一个书架。没想到父亲竟然很爽快地同意了，这倒是大大出乎我的意料。想想也是，自己已经算是大孩子了，一言一行还是能够让大人考虑的，何况平时很少向父母提类似请求，因此一荐成功。父亲拿来一本家具图册，让我选择书架样式。我选定了一种，却未被采纳。父亲说这种方方正正、齐头齐脑的样子不好看。他自行修改，上方是书架，下面设计成柜子，纵深是上半部分的两倍，书架安装玻璃，柜子安装木门，中间突出的地方还可以当书桌。虽然我极力反对，父亲仍然按照他的设计，让木匠施工了，且照此样式做了两个，一个给我当书架，另一个呢，放到厨房当碗柜。这充其量只能算个书柜，仅仅满足了我对于书架的半个渴望而已。自己的愿望被父亲轻易肢解、曲解，做一个有想法儿的人还真非易事。随着时间的推移，上面书架里已经满满当当，有些书便放在了下面的柜子里，可柜子很宽敞，放一溜书籍的话，似乎物未尽其用，浪费空间。可是将一些证件、光盘之类的另类移居此处，又觉得不伦不类，成了大杂烩，左右不好。一半满意一半嫌弃，我对这个书柜一直保留着这个感觉。

待到藏书多到这个书柜也装不下时，我终于拥有了令自己满意的书架。这次装修新居，我按照自己的思路，在儿子卧室里让工匠给做了一个书架，书架很大，完全占用了除门以外的一面墙，从上往下齐刷刷地下来。动工之前，父亲说下面应该突出一些，在中间做个台面，可以当写字桌。我说那就跟家里那个书柜或者碗柜差不多了。父亲笑了笑，没再说什么。等书架交工时，父亲仔细瞅瞅，赞许说这样齐头齐脑的样子也不错呢。儿子大声赞叹着这个书架真气派，说爸爸，我的书也放在里面吧。我知道小家伙的书现在也有好几十本了，也一直嚷着想要个书架，便顺手一划拉，说这边两个门里的部分归你了。儿子特高兴，一脸骄傲和满足。

像书架这种物质或心理的愿望，也许就组成了生活。在一个个愿望被实现，或遭遗失的同时，我们也渐渐老去了。

送你一本书

如今想起，当年的自己，以及周围的一帮人，怎么会将哪怕是很普通的一本文学书籍，不管是散文、小说、诗歌，或文学评论集，看得那么重。重到仅凭一本书，就能完全代表彼此的友谊。别说送了，就连借，也是需要相当铁的交情，方能如愿。假使有人送你一本书，或者你送了别人一本书，那彼此之间，似乎就具备了古时所谓歃血为盟、八拜之交的情谊。

值得欣慰的是，我的人缘还不错，得到了好几本赠书。我从别人手里得到的第一本书，是《唐宋绝句选注析》，是用三本小人书，跟殷同学软磨硬泡换来的。我接受的赠书里，第一本是郭同学送的《泰戈尔评传》，那时，我们都在近乎痴迷地读诗、写诗，和诗有关的书，都被大家争相传阅。最难懂的是瑞士沃尔夫冈·凯塞尔著《语言的艺术作品》，我曾经想拿它和别人另换一本书，却一直没有如愿。最喜欢的是钱锺书先生的《写在人生边上》，也是郭同学送的，这本书的繁体版、简体版我都有，却一本都不舍得送人或交换。《狄金森诗选》的扉页上，至今保留着

143

我当初所写"好友张××赠"的字样，这是"诗苑译林"之一，朋友知道我喜欢这套书，出外时遇到，专门买了送我。跋涉路途最远的是哈代著《德伯家的苔丝》，这是我在山东服役期间，张同学从千里之外的家乡寄来的。从邮局取回包裹，打开，《德伯家的苔丝》展现在眼前的一刹那，我从惊讶到感动的情感，无以言表。

对郭同学送的《写在人生边上》，我是怀着敬畏之心读完的。很早就读过《围城》，对钱锺书先生崇敬之至，更迫切希望读到他其他的小说和散文。《围城》成了迄今为止，我最喜欢的一本书。在部队时，我从福建邮购过一本繁体字、竖排版的《写在人生边上》。"人生据说是一部大书。"从《序》的第一句开始，这本薄薄的书，就充溢着哲理，给人无限遐思，引领着我，逐字逐句地啃读、品味。我见到了，钱先生的旁征博引，天马行空，或讽或喻，亦谐亦谐。借魔鬼之口，谈诱惑，说谦逊，论灵魂，讲争斗，虽寥寥数语，却饱含智慧，力透纸背。（《魔鬼夜访钱锺书先生》）。幽默是大智慧，是缘于心底的会心一笑。且看，"幽默提倡以后，并不产生幽默家，只添了无数弄笔墨的小花脸。"幽默成了品位和快乐的代名词，因为"真有幽默的人能笑，我们跟着他笑，假充幽默的小花脸可笑，我们对着他笑。小花脸使我们笑，并非因为他有幽默，正因为我们自己有幽默。"（《说笑》）。短短几句，已极为经典、精确地阐述了幽默、笑，以及二者之间的关系。通读此书，钱氏独有的博学、妙喻和幽默跃然纸上。拿最简单的吃饭来说，一旦与交际、救济等挂上钩，其间微妙而有趣的联系，便被钱先生剥了个透。（《吃饭》）。同样是普通的门窗，也被赋予了哲理，"允许我们追求，表示欲望，窗子许我们占领，表示享受。"（《窗》）。我尤其喜欢读钱先生的妙喻，比如，读文学书而不懂鉴赏的人，恰等于女人堆里的太监（《释文盲》）。"永远快乐"的渺茫和荒谬，正像"四方的圆形、静止的动作"（《论快乐》）等。几乎每篇每页，都有这样的妙喻，足够我们细细咀嚼，回味无穷。

繁体字版本，被我圈点、勾画的地方，比比皆是，这是我第一遍阅读。第二遍，读了郭同学送的简体版，照例又写写画画，留下了许多印痕。再读时，除了幽默、妙喻之外，我又读出了洒脱和唯美。洒脱，集中了钱先生讽、喻、悯、趣的智慧、文风和情感。唯美，则是关注，是赏识，像万花丛中一点绿，让人欣悦。这在《一个偏见》中，通过对于寂静、人籁、禽声的描述，就集中地展现了出来。以后每次翻阅这本书，总让我止不住感慨和叹服。后来，我看出了，也从其他同学口里印证了，郭同学送我《写在人生边上》后，肯定后悔过不止一次。每当他来串门，望着我书架上的这本书，目光流连，欲言又止的时候，我不是装糊涂，就是找其他的话题岔开，总之丝毫没给他反悔的机会。写这篇文章的时候，这本书就静静地摆在手边，看着它，我的心里竟然有那么一丝胜利和骄傲的感觉。

当然了，我也给好朋友送过书，而且不止一两本。印象最深的，是初中毕业时，我精挑细选了一套《唐诗选》（上下册），在扉页写上赠言，拿彩纸包装了，郑重地送给了陆同学，一位我颇有好感的女生。20多年后的今天，一次同学聚会，大家偶然谈起当年赠书的经历，陆同学肯定也记得《唐诗选》，因为她在微笑。最不舍的一次，是决定了要送一本新诗集给别人时，我犹豫了好些天，直到将其中自认为最优美的诗，一首一首抄在自己的笔记本上，才将书赠了出去。

忽然发现，自己最青涩、最纯洁的青春年代，都与书紧密相关。买书、借书、送书，以及和书相关的一切，竟然在记忆中如此清晰，如此温馨。20多年过去了，当我忆起当初相互送书的几位同学时，无意间发现，那些同学，如今仍然是我最好的朋友。

楼下有谁在跳舞

家住三楼，临街。常有喧闹声，从楼下传来。叫卖声、车辆驶过的声音、商铺播放的网络歌、鞭炮声，无规律，不绝于耳。奇怪的是，好几个星期了，我发现了一个特别有规律的声音。每天上午八点，楼下会准时响起欢快的歌声《今天是个好日子》。起初我以为，这和其他歌曲一样，是哪个商铺播放的。听了几天，又觉得不像。因为歌仅此一首，循环播放，大概10分钟左右，歌停了，便再无其他音乐响起。联想起上街时看到的，几乎每个有年轻店员的商铺，早上都要随音乐做操、跳健身舞。我忽然明白过来，这10分钟左右的"好日子"，肯定是楼下理发店，在组织店员跳舞呢。

为了验证自己的判断，某晚我去理发。闲聊时问起，你们每天早上还跳舞啊？店员很腼腆，笑着说，以前经常跳，最近客人多了，很忙，没时间跳了。我心说，明明是每天都跳，还说没时间，这丫头不会是害羞吧。八点正是匆忙洗漱，准备上班的时间，因此我肯定了自己的判断，觉得既是小姑娘们跳舞，也就不值得探究了。因此，我从来都没有站在

146

窗前，往下面看一看。

好多天了，我始终以为，楼下理发店业余活动很丰富。某天早上，当我洗漱的时候，楼下又响起了"好日子"。正在吃早餐的母亲说，垃圾车来了。我没明白过来，啥？这是垃圾车上放的歌，正在收这一片的垃圾呢。我大为惊讶，心说不会吧？这是楼下那谁们在跳舞啊！我赶紧走到阳台，推开一扇窗，往楼下望去。可不，垃圾车正停在下面，车上的大喇叭正播放着《今天是个好日子》。三三两两的人，也正在提着生活垃圾往车上扔。我呆了半晌，心说，乖乖，这歌声原来是招呼大家，快倒垃圾呀。哪有理发店员在跳舞，她们这时正在操劳、在工作。

这件事让我感慨之余，想了很多。最先想到的，是自己怎么会如此武断，如此自以为是？有音乐就是有人在跳舞？别人跳舞就肯定了楼下也在跳舞吗？更让我不解的，是怎么会如此肯定自己的判断，怎么就不能从阳台往外望一眼？甚至，店员说她们"很忙、没时间跳舞"，我怎么也不相信？由此，我竟然奇怪地联想了很多，诸如眼下大家热议的，有些专家、教授提议的很多所谓"建议"，受到了大家吐槽。这些专家、教授何尝不是和住在楼上的我一样，想当然地以为楼下是谁在跳舞，而不是收垃圾。他们习惯了肯定自己的判断，甚至不愿、也不敢去到阳台上，从窗口往下望一眼，更不用说，亲自到楼下走一走、看一看、听一听了。不深入生活、不走访群众，却喜欢想当然地建言献策之人，难怪会被网友们戏谑为"砖家""叫兽"。

再设想一下，假如我当初按照自己的判断，也献策说，楼下理发店员的业余生活很丰富，每天还有闲时间跳舞。或者说，她们这样天天大喇叭跳舞，是噪声扰民，等等。那我岂不也成了"叫兽"，而遭到楼下的集体吐槽？

如此一想，我被吓了一大跳。

深圳有家尚书吧

　　这是一部很有趣的书。文笔欢快幽默，情节轻松跌宕，人物音容常在，包袱点到即止。随意却有味道的小故事，随和而又实在的小人物，一家旧书店，一帮读书人，经店主蘸墨挥毫，绘就一幅幅书人书事。读之余味悠长，令人会心而笑。

　　这本书，叫《坐店翻书》。这位店主，名扫红。这家旧书店，曰尚书吧。位于深圳市福田区的"尚书吧"，以"书店""咖啡酒吧"的模式组合经营，店内的古籍、善本、经典出版物、二手书等，经由各处精心淘来，参与经销、收藏、交流活动，且店内还同时经营各式咖啡、红酒、绿茶，环境幽雅舒适，是一家买书藏书，亦可只看不买的"打书钉"，或杯酒一桌消磨时光的理想去处，算是在闹市区，给了读书人一方书香浓郁的净土，一个寄托心灵的家园。一不留神，你的一语、一事尽收店主眼底，也成为她囊中书事，还真是一件有意思的事情。

　　再来看《坐店翻书》，就是写店里店外，与书相关的那些人、那些事，分"坐店""翻书""故事"三部分。其实也好理解，所谓"坐店"，大体是说经营尚书吧时，看到遇到的事。坐店识人无数，也收获情趣和故事，无论是"奸商""苦脸"，还是砍价、"打书钉"，徜徉在书海的时光，更多的是温馨，是友情，和对于书的挚爱。"翻书"即手边那些来自时光深处的书，以及它们背后的事。尽管看似很多"闲书"，无非建筑、水利、草场、儿歌，甚至泄密、红专等，很杂很无序，但所谓阅书识人，只有细细感悟了，才能品出隐藏于每本书之后的，那些人生、生活，以及渐行渐远的时代印迹。"故事"讲与尚书吧有关或无关的书人书事。无论旧书拍卖、店员情谊，甚至书店艳遇、胖子坐塌床、广告邮件、美丽误会、寻隐者不遇，书人书事就是一面镜子，只要用心擦拭，定光鲜洁净，照耀你我。书中收录的文章都很短，没有华丽辞藻，没有深奥哲理，有的只是一个一个与书有关的人物，一件一件与书相关的故事。文字口语化，直白，俏皮。情节生活化，点滴成文，情真而不失内敛，坦诚又不忘叹惋。

所有和书有关的文章中，让我感动的，是那些爱书的言行。在爱书人眼里，对于书，除了阅读，还需要品味与呵护，需要探寻书后的时光。且看，"凡是我要看的书统统都不准卖！等我看完了再说！"（《卖书人最爽的事》）；"不要动不动就把自己的书往外送，尤其不要送给那些根本不会把书当作一回事的人。"（《一页贪心，一页舍得》）；"好酒要给懂的人喝，好书要给明白人看，好时光要和爱的人分享。"（《一本书最好的归宿》）；"凡是遇到以一种强势语言向我介绍书的，我全都想也不想地买了。"（《不怕死，怕羞！》）；"我更不喜欢不把书当书的人。""看书的人就得尊重书啊，"（《凭什么书钉不生锈》）。等等，读书爱书的人，是值得敬重的，书中的那些"奸商"（《两个开书店的"奸商"》）、"一脸苦相"（《一脸苦相的旧书店主》）、"问价的"（《同行来访》）、通宵读书过自己生日的小姑娘（《越夜深越寂寞》）等。凡读书爱书之人，对此类情节，或许都能产生一番共鸣。况且，对书痴情，对生活应该同样热诚，传递给人的是一份浓浓的暖意。

读《坐店翻书》，让我快乐，让我会心一笑的，是作者风趣、调侃的文风，韵味十足的包袱。一块钱一本的书，还问能否打折；被盗了账号，还嫌拍的书太便宜；去别家找书，却被推荐回尚书吧买；萧红住过的旅舍外边，红色的"办证"号码；70岁的老人说："等我老了"；想亲眼见见坐塌床的"那位菩萨的肉身"；等。本来是很平和、很舒缓的叙述，临到末了，话锋一转，却以特别俏皮，特别让人意料不到的几句话结尾，颇有些欧·亨利的短篇味道。仿佛小时候过年，吃饺子时，咬到大人们偷偷包进饺子里的硬币，是那种"噢——"之后的惊讶和恍悟。

除了感动和快乐，此书还让人沉思。在扫红眼里，每一本书的买卖、来回之间，仿佛都有故事，都有人所不知的情愫，或给人满足，或留有遗憾。于是，像若干年前的草场资料、山上的运河、写诗的北京工人、"组织"背后的书店这些，藏匿于书本背后的故事，被慢慢挖掘的同时，也给我们许多启示，恰如作者在《人书聚散两依依》中所说："人生太多的东西求不得，太多的圆满不可追，或者说——人生太长，太多的东西不可把握，那么为什么不把现在过得更自如一些呢。散也散得很温馨，很精彩。"

书中谈及的旧书，覆盖面广，题材多样，既有戴望舒的迷幻《雨巷》、纳兰性德的《饮水词》，有曲调优美的儿歌《月光光》、规训说教的《女儿经》，有臧克家歌咏干校的《忆向阳》、何其芳"新文艺腔"的《画梦录》，甚至，还有泄露国家机密的《万里长江》、最不靠谱的盗版《百年孤独》，以及那些古籍漫画中草药太极命理等，雅俗不限，"只看逛的人有没有眼光"。原来，这些从时光深处走来的旧书们，大多是有灵性、有温度的，"扫红一摸书，故事就来了。"（《人间就是一窝麻辣烫》）听扫红娓娓而谈，方才察觉藏于旧书背后的音容，一步步鲜活起来。同样鲜活起来的，还有店里的人，如白衣飘飘的儒生、青春版的陈子善、看下蛋鸡的秀；店里的事，如贪心、捡漏、艳遇、朝天蹬、书钉生锈、琼瑶浆、打书钉，读来既新鲜又好奇，读后又惹人会心一笑，叹其能将这么普通的人，这么小的事，写出这么悠长的余韵来。

在《坐店翻书》之前，扫红还写过一本《尚书吧故事》。对于书人书事的兴趣，被扫红勾出来后，很久不能平复，又想读读《尚书吧故事》。上网寻购，竟然都是"缺货"。再去旧书网，找到了，原想砍砍价，却根本没用。于是，我既有些寻而有获的惊喜，又有些没好气地说："那好，我就按你定的价付款，总可以了吧！"

幸福的"分外活"

　　一名普普通通的修船工，按照船主吩咐，在给一艘船刷油漆的时候，"顺手"将船底的一个洞修补了，由此挽救了驾船出游的船主孩子性命。在修船工看来，自己的修补只是举手之劳，不值得炫耀，岂不知，这顺手一补，却将别人从死亡线上拉了回来。依我看来，修船工的"分外活"，对于他而言，是一种幸福，一种大爱，因为自己的劳作不是徒劳，不是劳而无功。对于别人，对于受益者来说，更是一种幸福，一种由衷的感激，因为他会觉得，身边的一切，是如此温馨，充满阳光。

　　很多时候，我们总在探究幸福的含义，也免不了为一己之福毕生操劳。然而，有更多的人，却在无言地付出，似乎付出本身就是一种幸福。修船工的"分外活"让船主感激不已，算是修船工非常幸运了，因为他"顺手"做的"分外活"得到了肯定。当然，修船工从没想过要得到这份肯定，就像那些默默付出的人，从来都没想过要以此来获得别人的报答一样。这样的付出，哪怕只是举手之劳，只是随意而为，又哪个不是源自本心呢。由此想到，身边有不少人，总在无病呻吟，探究幸福的含义。

殊不知，平凡人家，为生活所累，辛苦，操劳，也能从中获取幸福。有时候，幸福其实就是一个舒心的微笑，一句贴心的问候。甚至在劳作之余，抿一口淡淡的清茶，在奔波之后，慵懒地伸一下腰，也是幸福的。

在我居住的小巷里，一位老人去世了，附近的人们，都在相互传说着他的种种好处。这位老人，平素喜做一些看似很平凡的事，路边哪有果皮纸屑之类的垃圾，他都会捡起，装进袋里。哪里有坑洼，他会拿着铁锨去铺平。谁家有果树需要修枝，央告一声，他立马会拿着工具，来帮你剪理。据说老人年轻时很不成材，可不知从何时起，他就这么默默地为周围人家做些事了。老人做的这些事，似乎非常普通，普通到任何一个人，一弯腰、一俯身，就能做好。就是这些极其平常的举动，却成了这位老人在多年以后，仍然被大家牵挂于心的理由。

淡泊而乏味的生活，一般很难提炼出壮志豪情。于是，有人消沉而安于现状，有人失意而牢骚满腹，也有人从这些淡泊和乏味中收获了幸福，在惬意地付出着，享受着，同时也在品评着，哪怕一丝一毫，甚至微不足道的幸福滋味。就像那名普通的修船工，下次如果再遇到这种"分外活"的话，他肯定不加考虑，又会"顺手"修补的。可以想象，如果这样的"修船工"多了的话，我们的生活，岂不是处处阳光，灿烂而温暖？

我愿意，也做一名这样的修船工。

骑白马的和长翅膀的

仿佛一夜之间，胡戈的"馒头"使恶搞一词充斥于媒介，在诸多领域张狂着它的阴影。好奇之下，我也寻来看了几个恶搞视频或图片之类，恍然觉得，恶搞之风，和恶作剧异曲同工，大部分恶搞作品，其实就是披着调侃、搞笑的娱乐外衣，极尽诋毁、扭曲之能，欲将受众的思维引向非正常渠道的一种无聊游戏而已。

在日常生活中，恶搞之风其实早就存在。家乡就有个习俗，每有儿女结婚、小孩满月这类喜事，宾朋满座之时，新媳妇的公公、小孩的爷爷就成了被恶搞的对象。一般由好事的熟人牵头，将公公或爷爷按住，用鞋油、印泥等涂抹其脸，待脸部五彩斑斓时，给其戴上事先准备好的唱戏用的花帽，然后架着他到各位亲友间游行，惹来大家哈哈大笑。喜庆之日，被恶搞者是绝对不能够生气的，机灵些的，会乖乖就范，伸长脖子让大家涂抹；自以为机灵些的，会东躲西藏，逃避被恶搞的命运，但终无漏网之鱼，反抗或逃避的结果，是让大家恶作剧的信心更大、兴趣更浓，遭遇的涂抹更肆无忌惮，甚至连崭新的衣裤也会一起遭殃了。

更典型的，当数各地普遍流行的花样翻新、招式迭出的闹洞房，除了一些适可而止的善意行为外，还藏有许多所谓笑里藏刀的招式，算是将生活中的恶搞之风推向了极致。

再联想到网络恶搞之风，跟家乡的习俗多有相似，被恶搞者不但逃避不掉，而且会面目全非。可话说回来，恶搞最起码也应该有个底线，比如现在的恶搞之风，大多已偏离了正常娱乐的方向，甚至刮到了红色经典、英雄人物等的身上，这无异于冲击、破坏我们长久以来所形成的道德或者精神规范，是有百害而无一利的。在非常无聊的搞笑中，我们心目中最美好、最温暖的情感会被一点一滴地消耗殆尽，直到麻木。

对于恶搞，音乐人郑钧曾经说过一句很经典的话，大意是骑白马的不一定是王子，有可能是唐僧，长翅膀的不一定都是天使，也可能是鸟人。现在的情况就是，唐僧和鸟人混淆了我们的视听，倒使王子和天使面目全非、百口莫辩且退居二线，似乎无出头之日了，这不能不说是我们共有的悲哀。

鼓浪屿上月白风清

　　拿到这本《真水无香》（舒婷著，作家出版社2008年4月第2版），我立刻就被它的封面吸引了。纯黑底色，其间四个连笔金色汉字"真水无香"，下有书名拼音及"舒婷著"。淡灰色的书腰上，写着第六届华语文学传媒盛典"年度散文家"授奖辞"舒婷以诗立世，以散文延续写作的光辉"等。未及阅读，就已经真切地感受到了本书的庄重、典雅和淡定、婉约。

　　舒婷是我最喜欢的诗人，中学时代曾经狂热地收集和诵读过她的许多首诗歌，对其中经典的部分，至今仍然能够背诵出来。"与其在悬崖上展览千年／不如在爱人肩头痛哭一晚"（《神女峰》）；"要是没有离别和重逢／要是不敢承担欢愉和悲痛／灵魂有什么意义／还叫什么人生"（《赠别》）；"也许藏有一个重洋／但流出来，只有两颗泪珠"（《思念》）等，这些诗句，像蓄满爱恨情仇的水池，将我以及同时代少年的心，都鲜活、灵动地照亮了。不可否认，我读这本《真水无香》，还是基于对舒婷诗歌的热爱。因为我始终认为，一个人不管写哪种文体的作品，其约定俗成的风格，是很难改变的。

翻开书页，我欣喜地发现，书中分成的五个章节，其题目又何尝不是诗呢。第一章"家乡总是月白风清"。第二章"我们生活中的动物演员"。第三章"生命年轮里的绿肥红瘦"。第四章"留在石头上的家族体温"。第五章"渐行渐远的背影"。以及每一章里的小题目，如"行走的风情""一茎一叶总关情""古榕不知日月长""抬头是你低头是你""失语的石头""夜莺为何泣血离去"等，又是何等美妙。还没正式读呢，就已经让人如饮甘泉，心神为之一爽。

全书行云流水、淡定悠闲地讲述了"我的生命之源——鼓浪屿"的过去和现在，它的景、物、人，再配以若干插图或老照片，作者家乡，这座"温文尔雅的小岛"，它的一枝一叶、一点一滴便清晰而鲜活地浮现出来。从头至尾，作者对小岛的热爱、感恩溢于言表。其中有这么一段："到过鼓浪屿的作家朋友却要说，住在鼓浪屿就应该会写诗。他们说的意思我很明白。人们在形容土地肥沃时，习惯性这般感慨：插一根木棍也能生根发芽呵。"自谦、感恩之心令人会心而笑。作者在第一章里，诉说着她在岛上步行买菜、跑步、治病、迷路等诸事。叙述着台风以及花、果、鞋等诸物。其间不断有如诗妙句，将诗人的想象力淋漓尽致地表现了出来。写水果"莲雾"时，说"晶莹饱满的莲雾努着红唇，得不到接吻就熟透了，一地都是破碎的淋漓的心"。写早晨未开张的小吃摊上的桌椅时，说"白色桌椅倒扣，四足朝天，如果能挣扎着跃起，它们会绝尘而去吗？"。写台风时，作者动静结合，用"鱼的飞翔和歌唱"写动，用"力挽千斤"的"老妪"、一具"斑驳的老木凳"衬托出静来，即使是乖舛、暴虐的台风，也被作者声情并茂地赋予了乐观的情绪，读来不禁让人叹服。鼓浪屿，这座面积只有 1.96 平方公里的步行小岛，是何等细腻如丝、温暖如灯，又是何等舒缓、悠闲而惬意的世外桃源啊。说到观光客，作者在看似不经意间，竟一语道破了现今旅游的缺憾，说我们的旅游还是"蜻蜓点水而已","一般的旅游团队都走不到最美的这一段路。"也爽直地说出了她心中旅游的真谛,即脱离团队,信步游来"最能感受到什么叫曲径通幽"。

与第一章的舒缓、轻快有些不同的是,第二章的叙述里明显多了一丝悲悯。这份悲悯来自作者眼中的动物们,无论是庞大还是弱小,动物在人类的世界里仿佛永远扮演着被动的角色。连作为"森林王子"的小老虎,在作者怀里都"簌簌发抖",更何况那些弃狗、自由猫、"鳞伤鳍残肚破"的鱼儿、"香消玉殒"的黄莺,该是何等身不由己,生死随人的喜怒而变。至于剿鼠、捕螳螂、灭蜘蛛等,可以算作人类的正当防卫吧。尽管人类也许意识到应该为已经濒临灭绝的动物做点什么,但要真正做到作者所期望的"尊重自然,对造物怀有敬畏之心,各守自己的疆界,互不侵犯。"该是多少艰难而不可能的事情。尽管关于动物的话题有些许沉重,可作者的笔下,依然充满诗意,充满希望。"死鱼捐躯在花盆里,芍药、海棠与荷氏凤仙,遂开得风花雪月,宛若金鱼浮上枝头。"或许,应该说是但愿吧,这些被遗弃、被戕害的小动物们,会有生命的轮回,会有尽情绽放的一刻。

平常,我喜欢花草的缤纷,陶醉它们的芬芳,可惜的是,除了十多种常见的以外,很多很多花草,我都叫不上名来,不免令人尴尬。这个问题在《真水无香》里得到了解答。第三章里,作者就温情而细腻地诉说着身边的"一茎一叶"。好多从没听过的名字,被一个一个地娓娓道来。像悬铃木、约钟柳的音律袅袅;剪夏罗、待宵草的词赋韵味;落新妇、打破碗碗花的民谣乡音等,仅凭这些异彩纷呈的名字,就让人浮想联翩。再配以作者的诗意解说,妙喻连连,不由得让人折服。在作者的眼里,植物是有血有肉、有灵性有感知的。像月桂"极温柔极恬静地对我诉说芬芳",三角梅"谛听并呼唤一个不再返回的背影",柠檬桉"相依相伴谈笑风生",甚至作者自问:"我的前生,我们的前生可能是一株栀子花或水杉么？"等这些，除了一位诗人，谁还能有如此奇妙的感应和想象力呢。有趣的是，这一章里，作者透露了鼓浪屿导游图上竟然标注着自己家的地址，于是，经常有人不管时辰，叩门而入，拍照或称"想见《致橡树》的……"由此使我想起，不知从哪里看过的，一名非常喜欢舒婷的文学爱好者（姓名忘记了）自述，他曾千里迢迢去鼓浪屿，并找到了舒婷的家，即那座"木棉树下的红房子"。却最终只在她家门口的一处空僻之地，静静地坐了很长时间，然后转身离去。他临时改变了初衷，不想因自己的冒昧造访，而影响了作者的读书写作。想来这位文学爱好者，应该是位值得尊敬的性情中人。

不可否认，要想真正了解一座城市，甚至一个家族的历史，想要解读它根深叶茂的内涵，最好的办法，应该就是研读它的建筑。千百年来，只有那些静静矗立的建筑，能够清晰地向外传输它或富贵儒雅或清贫淡泊的细节，只要你有足够的兴趣和耐心，去研读它、品味它。《真水无香》第四章"留在石头上的家族体温"，作者以感恩、温暖的笔触，给我们描述了她，以及她的家族，别的家族在鼓浪屿的居所，间以鼓浪屿特有的充满个性化色彩的建筑特色。"每座幽深阴凉的老房子，既可以是一个家族盘根错节的宏大叙事，也可以缩写为攀缘在雕花窗台上，那几茎破碎的缠枝蔷薇。"看似轻描淡写，却油然引发几多失落，几多惆怅。其间最令人感动的，当属写父亲的片段。父亲抱儿时的"我"坐等天亮，给青年的"我"恳请出一间小"闺房"，"在我窗下一趟来一趟去逡巡"着等我吃饭，掐准时间做夜宵，天黑时，将"台灯擎出窗口，为半瞎的我照明"，以及他悉心安排自己的后事等，莫不让人读来唏嘘不已。所谓父爱如山，这一点一滴的疼爱，岂不正是堆砌父爱的那一砖一石？"写到这里，我心大痛。不能继续。"失去的已经追随不回，只有那些温暖的记忆，却越来越鲜明地在岁月的长河中，灿烂地闪耀。

如果说，这些承载了岁月流痕，裸露在外的一楼一亭、一榭一院等形态各异的建筑，是一座城市的标本，那么，曾经鲜活地往来其间，或伟岸或渺小的人物，该是这座城市当之无愧的灵魂。作者在最后一章"渐行渐远的背影"里，用较大的篇幅，娓娓叙说了与鼓浪屿，或者是与厦门有关的人物。从来自社会底层的"程姐"，到首富黄奕住及其女儿黄萱；从医学家林巧稚，到文学家林语堂、诗人蔡其矫、藏书家曾志学；从"一代歌后"颜宝玲到"一手拿圣经，一手拿枪"的张圣才，这些已经从我们眼中渐渐消逝的，在社会某一领域有着骄人成就的背影，在作者笔下，挖掘和还原出耀眼的人格魅力。其中题为《真水无香》的一篇，是作者对自己母亲的挚情回忆。"不能吃苦耐劳""不知勤俭节约""谈不上聪明才智""并不艰苦朴素""远不是那种能与命运抗争的坚强女性"的妈妈，是何等柔弱、慷慨、率直而充满了对美的渴望，何尝不是最能解渴、最滋润人身心成长的，却是未经雕琢、最朴实无华、坦陈自我的"无香"水呢。犹如书中反复讲到的，无论是"历经沧桑内涵丰富的、人格化的老别墅群"，还是"优雅内涵，比起如花似玉的容貌，更经岁月锤炼"的"女性"，内涵才是最持久，最有魅力的。依我看来，这也是全书的基调所在。"那些并不渺远的人和事，通过作者内心的回访，洋溢出一种令人叹息的真情和感伤……坚定地向我们重述了那些不可断绝的精神纽带对人类生活的微妙影响。"华语文学传媒盛典授奖词，揭示了本书精髓所在。

听完舒婷优雅而诚挚地诉说，我忽然对鼓浪屿这座小岛产生了浓厚的向往。当初步了然了一个地方的历史、自然以及人文特色之后，梦想着能够亲临其境，该是顺理成章的事情。当然我也明白，更加触动我心灵的，其实是鼓浪屿的灵魂，即那些"渐行渐远的背影"。因为，这些背影在清晰地告诉我们，什么样的人生，才是完美无悔、求真务实的人生。

众里寻书千百度

我苦思冥想，一次一次搜索自己的记忆。我翻箱倒柜，一遍一遍查找可能的藏匿之地。却始终无果。眼前浮现着它的封面，它的扉页，它的插图，它的内容。应该是1994年购置的，十多年了，始终保存完好。阅读时，我还小心地包了一张牛皮纸封皮，可读了一多半，竟然了无踪影了。另买一册吧，逛了书店，查了当当网，均未发现，不由得让我十分懊恼。

我在寻找一本书，一本浙江文艺版的《杨绛散文》。

自认保管还是比较严格的，可仍有那么一些书，陆续遭了厄运，因此，寻找失落的书籍，充斥着我若干年的记忆。

《儿童文学》

最早寻找的，就是它。当时年龄很小，十一二岁的样子吧。父亲不知从哪里拿来一本《儿童文学》，我如获至宝，两天时间，就将其中比较短小的文章读了两遍，仍意犹未尽。正准备读篇幅比较长的最后两篇呢，书却找不到了。问一起玩的小伙伴，都摇头。问父母，均不知。热锅上的蚂蚁，这个比喻对当时的我很贴切。要知道，20世纪80年代初，对一个在农村生活的孩子来说，课外书籍何等奢侈。对喜欢读书的我而言，路上捡到半拉子破报纸，也要拿回家看上半天的。记得我将屋里屋外，凡能藏书的地方翻了个底朝天，还拿着扫帚，撅着屁股，在各个柜子底下划拉来，拨拉去的，折腾了好多天，那书仿佛阳光下的露珠蒸发了，只将浓浓的懊悔，留给了我。

《世界抒情诗选》

初中时，热衷于新诗，特别对以舒婷、北岛为代表的朦胧诗，更是痴迷。业余时间，和脾性相符的同学，一起大声地吟诵着"黑夜给了我黑色的眼睛，我却用它寻找光明"（顾城《一代人》）；"卑鄙是卑鄙者的通行证，高尚是高尚者的墓志铭。"（北岛《回答》）；"如果你是火／我愿是炭／想这样安慰你／然而我不敢"（舒婷《赠》）等，感觉自己是何等意气风发，壮志未酬。当时班主任老师手里有一本《世界抒情诗选》，拿来炫耀，被我们群起而攻之，以近乎抢夺的方式借到了手。这本书让我们爱不释手，死乞白赖地，几度想据为己有。临毕业时，被班主任追在身后，催要了几次，才老大不情愿地物归原主。书还回去了，我们竟然一时间心里都空荡荡的，仿佛是自己的东西丢了一样。跑了无数趟书店，都没有这本书的踪影。万般无奈之下，几个人一起谋划着，给春风文艺出版社写了封信，并在信中夹了两块多钱，要求邮购这本书。不久，出版社还真给邮来了一本《世界抒情诗选》，且回函说以后不要在信中夹钱了，可以通过邮政汇款，邮购书籍。拿到书的一刹那，我们欣喜若狂，如获至宝，"噢——噢——"大叫着在教室里跳。钱是我出的，书当然归我。另外几位羡慕得不得了，筹措资金，又各自邮购了一本。

《诗歌报》

这似乎不在"一本书"的范围，可寻找的过程，坎坷而充满苦乐。初中时我订阅了《诗歌报》，每周一期。每当报纸送来的当天，放学后，几位同学齐聚我家，一起读报。我当时定下的规矩，就是概不外借，以免有去无回。一位我最要好的同学，对其中一期报纸情有独钟，用尽各种方式，威逼利诱、软磨硬泡、死缠烂打，整整两个小时，愣没从我这儿借出去，悻悻而归。《诗歌报》有一专栏，为"流沙河选编余光中诗100首"，是我们最喜欢的。中间有一期报纸，竟然一直没有收到。去邮政局查询了几次，都一无所获。这期报纸就成了我的一块心病，久久不去，曾经无数次想象这期报纸的内容，结果让自己更加郁闷。当时我小姨曾经在我们隔壁租住过一段时间，有天我进去串门，竟然发现了那期《诗歌报》。可恨的是，它已经被撕成了两半，一半粘在窗户上，另外一半糊在了墙上。我气急败坏地冲着小姨发了一通火。末了将粘在窗户上的半份小心地揭了下来，另找了一张白纸粘上。糊在墙上的一半怎么也揭不下来了，只好站在墙边，将裸露在外的这面读完，被糊住的那一面也就成了永远的谜。

《洗澡》

上高中时，读完杨绛的小说《洗澡》不久，这本书便找不到了。肯定是借出去了，但具体借给谁，竟然一点都想不起了。无奈之下，决定投石问路，和几个要好的同学聊天时，将话题引上《洗澡》。这招果然奏效，其中一位马上招供了，说借了你的《洗澡》，不慎给弄丢了。我心疼不已，追着他让赔。可惜这书当时已经买不到了，不得已，那位同学拿了一本钱锺书著《人兽鬼 写在人生边上》赔我，我才算饶了他。如今想起来，都让人有些不好意思了。

《秋雨散文》

参加工作后，我的书籍概不外借的规矩就打破了。遇着当年一起读书读报的同学或朋友、同事等，来家借一两本书时，还真抹不下情面，拒绝他们。只能照例叮嘱他们，读完尽快还回来。大多数书籍都陆续还回来了，可前几年借出的一本浙江文艺版的《秋雨散文》，却再未露面。几次遇着那位借书的朋友，也就是当年用尽浑身招数也没借出《诗歌报》的那位，我竟然没好意思，张口要回我的书。也许他是故意的，似乎是在报当年借报不得的一箭之仇吧。好在我陆续网购了余秋雨的《文化苦旅》《山居笔记》《借我一生》等，那本散文选集，就算送给朋友了吧。

我继续懊恼《杨绛散文》的失踪。前两天，父亲突然拿着一本书，问我，这书你还用不用了？今天差点当废品卖了。我一瞧，竟然就是那本《杨绛散文》！灰头土脸的，像是一个失散多年，历经艰险终于找回家的游子，蓬头垢面地站在自家门口。我赶快拿过来，找干净的毛巾，擦拭干净。才想起问书的来历。父亲说，这书不知怎么，夹在一堆废报纸、杂志中间，今天收废品的上门，过秤时，我发现这书包着牛皮纸封皮，不像是废品，就捡了回来。

长吁了一口气，说，我寻找这本书，已经很长时间了。

第五辑　春晖·寸草

　　年少时，以为海誓山盟、卿卿我我才是爱，以为整日厮守、花前月下才是爱，而对存在于父辈身上的那种看似平凡、普通的相濡以沫，恰恰视而未见。如今细想起来，这种在风风雨雨中，携手数十年，相互体贴照应，彼此操心牵挂，何尝不是更现实，更长久的爱情呢。

　　　　　　　　　　　——《用一生去读》

用一生去读

一直不明白，为什么每年的七月初七，父母总会不厌其烦地去看那部老掉牙的天河配。关于牛郎织女的传说，在他们眼里，似乎总是历久弥新，百看不厌。而我却早已体察不到它的新鲜，牛郎用筐挑着儿女，和织女在白布做的银河前相会，就是我对这部戏唯一的印象了。

直到我也身为人父，才渐渐明白，爱和团圆原是弥足珍贵，需要用一生去读，去体验的。父母眼中的天河配，集聚了他们关于爱，关于团圆的诸多梦想，值得细细品味，慢慢揣摩。

年少时，以为海誓山盟、卿卿我我才是爱，以为整日厮守、花前月下才是爱，而对存在于父辈身上的那种看似平凡、普通的相濡以沫，恰恰视而未见。如今细想起来，这种在风风雨雨中，携手数十年，相互体贴照应，彼此操心牵挂，何尝不是更现实，更长久的爱情呢。

从来也没有见过父母在花前月下的浪漫，也从未听过他们任何表白和誓言，见到的是似乎琐碎而平常的念叨和操劳。去年母亲胆结石手术，父亲到处打听治疗方案，多方联系手术医院，很多次和我们商量，一起说些安慰的话，让母亲宽心，保持平和心态，手术因此圆满成功。知道母亲体弱，父亲每天下厨，问母亲想吃些什么，饭菜上桌时，又问味道如何，我每每都被感动了。

母亲术后初愈，父亲却又不慎将脚骨摔成骨折，卧床数月。我们上班忙碌，母亲又从饭来张口换了角色，熬汤、做饭等家务，事事操心。父亲性格开朗，曾调侃说我们轮番卧床，彼此照顾，都挺划算呢。我们呵呵笑着，分明听出了父亲话中的温暖。如今父亲虽已康复，可那只曾骨折的脚在登高或用劲时，仍然使不上力。母亲唏嘘不已，似乎是她照顾不周的结果。让我们不免伤感，又找不到恰当的言辞来安慰。

爱，看起来简单，说出来也容易，但要长久地留住它，让它始终如一，却不是一般人所能够做到的。到了一定阶段，爱情其实就化作了亲情，融入平凡中去了。对这种爱，我们或许穷一生之力，也是不能读懂它，不能悟透它的。

为父母举杯

或许是以前家境不富裕，也有可能是父母一生比较务实，而缺少浪漫的缘故吧，从我记事起，家里从来都没有为某个人祝贺过生日。哪怕是添件新衣服、买些好吃的，简单庆贺一下，也没有。听说别家小孩过生日时，我们总是很羡慕，尽管那些生日，不过是做了一顿白面馍馍、买了几粒糖果而已。

自从我儿子于 1997 年出生后，为小孩过生日已经在家乡颇为盛行。我和妻子也操办着，在儿子生日这天，买个蛋糕，请家里人出去，找酒店吃一顿饭，既是为小家伙祝贺生日，也算是为家里人找个改善伙食的理由。其实在我心里，却时常惦念着，想给父母好好地过一次生日，他们劳碌了半辈子，连一次生日也没有过呢。我多次问过他们，用什么方式给他们庆贺寿辰。没想过父母却连连摆手，异口同声地说，不过了，不过了，浪费那些钱干啥，还不如你们买件衣服穿呢，怪麻烦的。我明白，他们平日里节俭惯了，是怕花钱呢。但他们一致反对，我倒不好太坚持了。这事便一次又一次地被搁置下来。

2005 年，父亲年满 60 岁，正式退休。母亲和父亲同岁，也已经 60 岁了。我自认时机成熟了，为他们共同举办 60 大寿，该是合情合理，又有意义的事。怕他们再拒绝，我改变了策略，以一种发布决定的口吻，通知家里人，准备为父母举办 60 寿辰，事情已经定了，酒店也预订了，具体日期由父母自己商量。父母还打算推辞呢，却架不住我和妹妹等所有人的共同意见，只好答应了。他们交换了意见，说就以父亲的生日为准吧，也算为父亲退休留个纪念，一举三得，一餐三重含义呢。

为父母过生日的事情，具体细节我已经考虑很久了。如今看他们同意了，便说出了自己的想法。我的意见，是在父母生日这天，邀请姑姑、姨妈，以及岳父岳母参加。父亲姐弟七人，只有我父亲一个男的。二姑姑太远，而当时大姑父、二姑父、三姑父已经去世，五姑父年迈来不了。他们姐弟七人平时极少有机会团聚，这次聚会后，下次不知又在何时何地再见。母亲姊妹四人，倒是都住在县城里，时常能碰面的。我的这个意见，父母没有反对，看得出来，他们明白，也很赞许我的孝心。

我先给在兰州的六姑姑打了电话，通知他们按时赴宴。然后详细商量了，到时候需要找辆车，去郊外接一下已经 80 高龄、行动不便的大姑姑。还有，特别嘱咐他们，当天不能带什么礼金、礼物之类。而且，最好不要将孙子、孙女们带来，不然小孩子一大帮，吵吵嚷嚷的，破坏了老人们的聚会气氛，等等。

父母生日这天，大姑姑被最先接过来了，她因腿脚疼痛，已经卧床好几年了，这次被我们两三个人扶下床，搀上车，接到了酒店，嘴里一路念叨着，说真是好啊，没想到这辈子还能进趟城，吃上大酒店的宴席呢。六姑父找了辆车，和姑姑、表弟一起过来了。果然不出所料，虽然事先叮嘱了，但仍有几个小孩子被他们的爷爷奶奶带来了。不过也好，小孩子多了，唱"祝你生日快乐"时也热闹多了。

那天的场景，我如今想起，仍然觉得特别温馨、感动。姐弟、姊妹们聚在一起，说不完的话，道不尽的感慨。大家一同举起各自手中的白酒、啤酒，或以茶代酒，祝我的父母生日快乐、身体健康。当饭菜上桌时，大家互相夹菜、谦让。说起远方的二姑姑，以及去世的几个姑父，又都唏嘘不已。生日蛋糕端上来了，父母一起许了愿，又一起吹熄了蜡烛。接着所有的小孩子一起大声唱"祝你生日快乐"。然后一起鼓掌、切吃蛋糕，气氛热闹而融洽。

生日聚会，从中午一直延续到了下午四点多才结束。大姑姑仍然被搀送回家，六姑姑因为家务缠身，当日返回了兰州，其他人住得都比较近，也陆续回家了。

五年多眨眼过去了，也就在这短短的五年间，我的大姑姑、二姑姑、三姑姑、四姑父、五姑父又相继离开了人世。父母60岁生日的场景，已经一去不复返。之后这几年，父母不愿意我们再为他们庆贺生日。我心里也以为，生日其实仅仅是一种形式，而让父母健康快乐、幸福美满地过好每一天，才是实质，才是最关键的事情。

母亲深夜没回家

很多年前，母亲是皮毛厂的临时工，整天和猪鬃打交道，按件计酬。中午回家很迟，急匆匆炒菜做饭，连锅碗都来不及洗，又要上班了。甚至中午不回家，也是常有的事。早上临出门前，母亲烙几个馍，炒两个菜，自己拿饭盒盛一些，带到厂里吃，其余放桌上，是我们兄妹三人的午餐。父亲在乡下工作，一周多才回家一趟，也难得照顾我们。这样的生活，我们习惯了，也慢慢地学会了热菜、烧水，能够自己照顾自己了。偶尔还觉得，没人管束我们，倒也悠闲自在。

大人的辛劳，只有我们自己也成了大人的时候，才能够体会。如今，每当和母亲聊起在皮毛厂的日子，她的辛苦，我已经完全领会了。有一次，我跟她提起，半夜去厂里找她的事，母亲摇摇头，已经忘了，我却记得很清楚。

那年我大概十三四岁，两个妹妹，分别比我小两岁、四岁。夏日的一天，下午放学回家，母亲依旧没回来。我们写作业，饿了吃馍，渴了喝水，跟往日一样。和平常不同的是，黄昏了，蛙声响成一片，母亲没回家。夜深了，星星布满夜空，母亲依然没回家。屋外寂静无声，各家熄灯入眠的时候，我们还在等，心里渐渐有些焦急，有些害怕。直到桌上的大钟，"当——当——"地敲了十二下，我们仍然乖乖地坐着，没有一丝睡意。两个妹妹害怕了，睁大眼睛望着我。犹豫了一会儿，我决定了，带妹妹们去厂里找母亲。

去皮毛厂有三里多路，我们白天走过。出了大门，就是巷子，黑乎乎的，一个人都没有。我们三人手拉手，快步往前赶，平日里走过无数次了，倒也不怕。出了巷子，街上有灯，尽管很暗淡，却也能瞧见路。麻烦的是，有街灯的路，很短，一条街没完呢，灯却已经没有了。出城了，周围特别静，静得仿佛能听见自己的心跳。哪怕有一声狗吠，有一辆汽车也好，这样的寂静，让人莫名地害怕。偶尔，有风吹过，路边的白杨树，叶子哗哗响，像脚步声。赶紧抬头，树枝、房屋，甚至遥远的星星，也似乎有些狰狞了。又向后望，走过的路，依次湮没进了黑暗之中，很远的地方，有昏黄的灯光摇曳，这似乎比黑暗更让人捉摸不定。我感觉到了，妹妹们很害怕，攥着我的手冰凉，甚至有些颤抖，我也很怕，但不能表现出来，因为我是哥哥，自己不能乱了方寸。于是，我大声说话，让她们别怕。越说不怕，心里却越是怕了，连嗓子都干涩沙哑起来。甚至听自己的脚步声，也变得陌生而空洞。我们频频向后张望，感觉黑暗像一张网，张牙舞爪、劈头盖脸而来。我"嗷嗷"地喊了两声，弄出些声响，给自己壮胆。喊过之后，忽然觉得，唱歌应该不错吧，便起了头，和妹妹一起唱起了"月亮在白莲花般的云朵里，穿行……"也真怪，唱起歌的时候，周围的黑暗，似乎渐渐地后撤了、飘移了，眼前忽然明朗起来，心里竟然不怕了。

没有街灯的这段路，其实不远，也就四五百米的样子，可我们却觉得漫长而没有尽头。站在皮毛厂大门口的时候，我不仅手心里全是汗，连脊背都已经湿了。车间里灯火通明，二三十个工人在忙碌着，戴着口罩。我们在车间门口站着，半天没找到母亲。直到有人喊了一声："谁家孩子找来了？"片刻工夫，母亲才走过来，满脸疲惫。

讲完这段夜行记，我感慨说，当初家里要是有电话，或者有电视机就好了。母亲叹了口气，说，当年梳理猪鬃的那段日子，真够累的。不过，也正是因为有了这段临时工作，母亲补交了两万多元养老金，如今也有了近千元的工资，开始了幸福而满足的退休生活。

我柔韧如树的母亲

多年来，一直以为母亲是柔弱的，温顺的，有着禁不起风浪侵蚀的性格，甚至还有些许谨小慎微、胆怯懦弱的成分。当然了，母亲似乎也没有经历过大风大浪，说柔弱，仅仅是我的直觉而已。可是从母亲去年患病接受手术开始，我才发现，自己完全错了。

母亲体弱，年轻时在农村，与种地割麦之类的农活儿为伍，尽管疲惫至极，却一天也没有耽误庄稼活儿，无数个日日夜夜，就这么枯燥而辛劳地过来了。谈起这些，母亲总是感慨，虽说常常力不从心，可不管是家里的，还是地里的活儿，一点儿也没有落在别家后头。言语间，总是流露出知足、要强和幸福的感觉。而我们，却往往没有用心倾听，还时时调侃，说怎么总是这些陈年老皇历，现在生活好了，不用劳心费力了，就好好享福吧。三言两语打断她的诉说，母亲照例轻叹一声，说你们啊，哪还记得当年的辛苦呀。

从小学起，我就喜欢读书，经常用零花钱买些小人书。买书的钱不敢跟父亲要，总是缠着母亲，磨磨蹭蹭地说着要钱的理由，绝大多数情况下，她都会满足我的要求。母亲不识字，曾经极力反对我读课外书籍，但拗不过我的坚持，只好不情愿地同意了，前提是功课不能落下。有一次我成绩没考好，母亲竟然令我跪下，反省了好几个钟头，直到月上林梢才罢休，让我记忆深刻，从此再也不敢偷懒，而勤学至今。还有一次，是我读初中的一天，因感冒发烧，浑身虚弱无力，母亲背起已经体重过百的我，足足走了两里多路，才到医院，打针治疗。让我时至今日，仍然感到刻骨铭心。

回城后，母亲不甘在家闲居，先后做过很多事。在皮毛厂当过临时工，每天加班加点地捋猪鬃，做鞋刷；在家学过裁缝，替别人加工口罩，一个口罩一两分钱；学过玻璃工艺品，粘贴过花鸟虫鱼的玻璃框，曾经在县城旺销。当市场对这些手工制作不再新鲜时，母亲拿出仅有的积蓄，置办起了一个小小的杂货摊，卖些手套、袜子、洗衣粉之类的小玩意儿。一天到晚不开张是常有的事，却仍然挡不住母亲早出晚归、惨淡经营的执着。母亲常说，那时候嘴馋，特别想吃家乡的酿皮，一碗才两毛钱，却舍不得吃，就这样积攒着微薄的收入，以补贴家用。我1993年退伍后，在等待安置的日子里，帮着母亲将货摊扩大规模，在城里一家商场租了柜台，母亲一直经营至今，生意还很红火。

去年母亲常喊胃痛，经检查，发现患了胆结石。发展到吃不了饭，吃饭后就疼，一直疼到她泪流不止。母亲有高血压，且平时看似柔弱，因此我们一直采取保守治疗，打针输液后，病情始终不减。万般无奈之际，母亲主动要求手术。这是我们没有想到的，按照母亲的性格，她做出这个决定，恐怕也是忍不了疼痛，深思熟虑所致。术前我们虽然说着种种好话，让她安心，不要紧张，却忍不住忧心忡忡，母亲从来没有经历过手术，会稳定情绪，不出意外吗？幸好妻是医生，服侍母亲进了手术室。半小时后，手术顺利完成。母亲身上戴着止痛器，虚弱地睡了整整两三天。体质好转后，我们问她感觉如何。母亲笑着说，手术当中，醒过来一次，感觉医生拿着锤子、剪刀什么的，从她肚子里喳喳地拽着什么，奇怪的是，当时竟然没有任何恐惧。妻笑说，发现母亲中间醒来了，让医生赶快又注射了一次麻醉剂，不然肯定让您瘆得慌呢。

　　母亲渐渐康复了，而我从这次手术中，忆起了许许多多，发现母亲身上所具有的，其实不是柔弱，而应该称作柔韧更贴切些。恰似一棵树，风起时，尽管被吹弯了腰，东摇西摆，似乎没有了方向；风止时，又依然故我，高大坚韧地挺立着，无论日晒雨淋，都留下一方绿荫，一片呵护，始终在子女心目中感动着，闪耀着，指引着，激励着。这样想来，天下的母亲，又何尝不都是如此。

父亲的午餐

　　"明天想吃什么饭？"父亲照例问了一句。

　　我听见了，但没有回答。因为我喜欢吃面食，西红柿鸡蛋面之类的。而父亲喜欢就菜下馍。我不回答的意思，是想让父亲选择他自己喜欢的饭来做，如果我来"点菜"的话，父亲肯定会照我的意思办。

　　儿子也没吭声，这小家伙，大概是无论吃什么，都是无所谓的。他不回答的意思，肯定是觉得爷爷够烦的，刚刚吃过晚饭，就已经在考虑明天的午餐了。在他眼里，这午餐的筹备，似乎是太早了些，而懒得回答了。

　　顿了半晌，听我们都没吭声。妻子答了一句："爸爸，你看着做吧，馍馍下菜、米饭什么的，都行。"

　　父亲"噢"了一声，说了句："我出去转一圈。"便出门了。

　　父亲刚一出门，妻子便数落起来。"爸爸每天在精心地准备午餐，估计着下班的时间，按时按点将饭做好，你们刚进门，就能端碗吃饭，还嫌这嫌那，挑鼻子挑眼的，这也不喜欢，那也不爱吃，太过分了吧！"

末了，又加上一句："这是你们的爷爷，或者爸爸，他这么劳累，你们自个儿不心疼吗？"我明白，妻子说的是实情。这些天闷热，中午总是让人既没有食欲，又没有心思说话。尽管父亲总是会将炒菜往我们眼前推一推，问："今天的饭菜怎么样？多吃蔬菜，这是我早上刚买的。"我也只是"嗯，嗯，好，好"地答应两声，敷衍几句，草草地扒拉几口饭，便上床午睡了。如今听妻子这样说，我一阵懊悔。

记忆中，父亲是很少下厨的，总是母亲围着锅台、案板转悠。逢着做些荤菜时，父亲才会露一小手，如今忆起当年父亲做的牛羊兔鸡等，无论是煮炒还是卤酱，总是令人大饱口福，回味悠长的，不过，这样的机会不多。因此，我们只要发现父亲下厨的话，就明白家里要改善伙食，而偷着乐了。

退休后，父亲仿佛比以前更忙碌了，已经完全承担起了家务，包括生火做饭打扫卫生之类。每当我们不忍而劝其歇息时，他总笑言这也是锻炼身体，也算老有所为。父亲的日程安排得很紧，天刚麻麻亮，就早早起床，照例去登山。他每天凌晨的登山，风雨无阻，已经坚持了好多个年头。下山后，顺路买些馒头蔬菜，双手不闲，疾走回家。吃完早点后，不歇气地打扫卫生、烧水、择菜什么的，忙里忙外，刚想着该歇息一会儿时，又到做午餐的时间了。好几次，母亲都笑着对我们谈起父亲的忙碌，说："家里的活计啊，不去发现的话，仿佛啥也没有，一旦发现了，去做时，却似乎总也忙不完似的。"每当此时，我们仍会劝父亲多歇息，家务我们下班后也可以做。他总呵呵地笑着，说："不碍事，不碍事。"只有做晚饭时，大家一般都在家，会一起进厨房做饭。父亲或者打会儿下手，或者干脆歇下来，看会儿电视，听会儿秦腔，悠闲个把小时。

隔些日子，父亲会给我们改善伙食。这不，上周末，我买回几斤熟猪耳，儿子吃得特香。第二天中午回家，我忽然闻见一股很浓的焦煳味，进厨房才发现，父亲拿着个猪蹄，在用烧红的铁条烙毛呢。见我进来，

178

说："买了一个猪头、八九个猪蹄，咱自己卤了吃。"我说："你别累着，想吃啥可以买熟食。"父亲说自己做的好吃，还便宜。并且坚持不要帮忙，让我去休息。直到晚上，父亲才将猪头、猪蹄收拾得干干净净。晚饭后，他早早去睡了，看得出，父亲忙了一天，累了。

日子一久，我竟然将父亲的忙碌当成了理所当然之事。甚至有时候，还在心里偷着嫌他做的饭不合胃口，炒的菜不香。这哪里是过分，简直跟白眼狼没有两样啊。我狠狠地暗骂着自己。坐着聊天时，看着父亲几乎全白的头发，我感觉如刀般掠过的岁月，点滴小事中，父爱如山般巍峨。可试问我等身为子女，又为父辈付出了多少。如此想来，我的心底，油然而生出几分愧疚，几分酸楚。

蚕丝牵扯的疼

丁酉将至，父母望见了他们的第六个本命年。

我们早早买了大红内衣，期望以"本命红"护身，让父母在本命年里避凶延寿。但在丙申年的猴尾巴上，却因了一个西红柿，父亲伤了手指。

我赶到时，父亲用厚厚的卫生纸，缠着左手食指。一副不以为然的神态和语气，说，连着跑了两家小药铺，一家治不了，另一家建议去医院缝上几针。去了医院，外科医生让取下卫生纸，拿手术钳拨拉几下，用生理盐水冲洗伤口。父亲龇着嘴，轻唤了几声，说："真疼啊！"

然后注射麻药，缝针，鲜血点滴未止。父亲是个耐力特别强的人，小伤小痛连眼睛都不眨一下，此刻喊出疼来，该是怎样地不可忍受。这疼迅速向我传递过来，像心尖被烙铁烫了，一阵痉挛。此刻我才发现，自己和父亲之间，好像有一根蚕丝相连，这头扯一下，另一头便也承受了疼痛。平素有些怕针晕血，突然间耳鸣目眩，冷汗直流。赶快从治疗室出来，扶墙歇了好一会，才缓过劲。父亲已经缝合结束。

准备做饭了，父亲取出一个冷冻的西红柿，想炒鸡蛋。觉得西红柿大了些，半个应该够了。于是，未等消冻，就想使些劲从中间切开。结果刀一滑，落在了左手食指上。包扎完毕，父亲微笑着，说起事故的经过。我唏嘘之余，对西红柿竟然有了一些莫名恨意。

我也因为西红柿受过小伤。多年前，每到秋末，母亲便买好多西红柿，切成块，装进输液用的那种玻璃瓶里，放锅里温煮十分钟，封口，搁阴凉处。到了冬天，想吃臊子面了，拿一瓶西红柿熬汤用，跟新鲜的一模一样。有一年装西红柿，瓶子滚落，我伸手去捞，恰遇瓶破。尽管伤势不重，但母亲惊慌失措，抓着我的手长吁短叹，匆忙敷药包扎。而且，之后连着两三年，竟然坚决不让我再装西红柿。

身体发肤，是父母心上的肉。若损一毫一厘，父母都能感到疼痛。

母亲的食指随后也受了伤。我想不通，难道冥冥之中，本命年真如老辈人所言，有一道"坎儿"吗？腊月打扫卫生，她在老院子里擦洗，被一块断茬的墙砖擦破了手，鲜血直流。我们都不在跟前，父亲抖抖瑟瑟，涂了消炎粉，用纱布缠紧，包扎了。

我又一次清晰地承受了，被蚕丝牵扯的疼痛。

和父亲截然相反，母亲特别柔弱。对伤口，好几天不敢取开看。直到我们巧言相劝，才答应解开纱布，谁想已经有些化脓，幸亏发现得早。妻子每天以碘酒擦洗，数日之后，伤口慢慢愈合。如果真有"坎儿"，那么父母的这两次伤，该是平安地迈过了吧。

"父亲和母亲，
用心上的肉捏成了我，
我又用心上的肉，
捏了一大堆诗句。"

多年前，读过一首名为《致父母》的诗。如今，我书写着父母的悲欢，尽管文字很稚嫩，却也是用心上的肉，一笔一画、一字一句捏成的。

我在等着你回来

　　母亲不识字，算账也不熟练，守着一间小小的店铺，卖些针头线脑内衣袜子什么的，满满当当挂了三面墙，摆了一床板。挣不挣钱不重要，重要的是母亲有个去处，有份活干，很充实，精神头也足。店里常有一些新鲜事，被母亲当饭间谈资。这不，母亲又唠上了，说哪个女人今天又丢了包，落了袋，找到店里来了。"我在等着你回来。"母亲待确认之后，总会笑着，这样给失主说。

　　遇上这种事，已经记不清有多少回了。顾客进店来，翻翻拣拣，找货砍价之间，经常丢东落西。如果被母亲发现，自会提醒。很多时候，等客人走了，母亲收拾货物时，才发现店里多了一样东西，人家拎的包呀、手机、钥匙什么的。母亲面生，常记不住客人的面目，只能暂且收了失物，守株待兔，等客人回来寻找，像对暗号一般，确认无误之后，才会物归原主。据母亲讲，附近一溜店铺，大多数很讲公德，不稀罕别人的钱物。但也有那么一两家，捡了客人丢的东西，稍值些价钱的，一问三不知，没有要归还的意思，或者，明确跟失主要些"感谢费"，才肯

182

罢休。对此，母亲总说："没意思，何必呢。"说完，直摇头，直叹气。

因为母亲的"我在等着你回来"这句话，给店里拉来很多熟客。我闲暇时去店里转悠，曾经遇见过两三个这样的人。据母亲讲，最"险"的一次，有人丢了一个钱夹，鼓鼓囊囊的。母亲捡到后，自己倒提心吊胆了，只怕被别人冒领了去，使劲回想失主的相貌，隐隐约约有了些许印象，便坐等失主。直到日头落西，临关门之际，一位女人才匆匆赶来，在一家一家店铺前，试探着询问。母亲不放心，一五一十问了半晌，才将钱夹拿了出来，并婉拒了人家的"感谢费"。我们笑称，说您的风格够高啊。母亲忍不住，又开始说起，多年前那对老年夫妇的事。

这事家里人都知道。20世纪80年代，母亲推着一辆架子车，去街上卖些小零碎。当时的"燕"牌洗衣粉，批发一块八，零售两块。母亲卖一袋洗衣粉，赚两毛钱。那天下午，一对老年人，拿了三袋洗衣粉，给了十块钱。母亲心里盘算，三袋六块钱，便给人家找了六块，事后也没觉出哪儿不对的。老人接了钱，似乎也没细数，便装进兜，离开了。谁知次日晌午，那对老人专门找来，退了多找的两块钱，还呵呵笑着，说："你这样算账，能挣个什么钱哟。"这件事，母亲给我们念叨了好多次。每次谈起，都忘不了说那两位老人的神态，也忘不了说，当年风里来雨里去的，每天也卖不了几个钱，一天到晚不开张，更是常有的事。我见过母亲当年的"账本"，每天收摊，母亲总会在本上写上歪歪扭扭的一两个数字，10、20之类的，除了春节，平日里极少有超过100的数字，这是母亲的营业额。每月总有至少五六天，账本上写着"0"，意思是说，当日劳而无获，没开张。

母亲在等着人回来，也有什么都没等来的。像两三枚钥匙、一串手机链、一副手套什么的，许多天了，也无人认领。或许这些是人家扔了，不需要的。可母亲不死心，将这些东西，置于店内醒目的位置，仍然在等待着，有人能将它们领走。

播下勤俭的种子

大家都在谈家风家规的话题，于是，我也自忖了一下，琢磨自家有哪些家规家风值得说说。思来想去，父母对我们似乎并没有特别的教诲。心有不甘，再想，忽然心底一亮，像云开雾散，一缕阳光扑面而至。所谓家风家规，其实是凝神关注，看父母长辈做了什么，他们的行为举止，有哪些值得我们细细品味，毕生仿效。

这样想来，我略加思虑，就得出了结论，我家的家风，无非两个字：勤俭。父母用他们的大半生，播下了勤俭的种子，看藤蔓缠绕，开花结果。而他们，像丰收的农民，脸上挂着舒心的笑，慢慢地老去。

父亲老了。我希望他在物质上铺张一些，考究一些，也许拥有过的越多，将来也越无憾。可我的希望每每落空，像一只气球，鼓鼓地升起，瘪瘪地落下。入冬了，我说，买件羽绒服吧。父亲不许，说，别，我的棉衣好几件还是新的。可我知道，他贴身这件棉袄，已经七八年了，尽管仍然很保暖。我又说，咱去下馆子吧，附近新开了一家酒店。父亲也不愿意，说，花那钱干啥，我做饭，很快的。父亲退休后，除了每天早晨去城郊登山，下午去公园听秦腔之外，几乎包揽了我们的一日三餐，买米买菜，擀炒蒸卤，烧水，倒垃圾等，忙忙碌碌，像一只精力旺盛的陀螺。我常想，20多年后，若我也近七旬，会有父亲这样的精力吗？最起码，父亲变废为宝的巧手，我是万万达不到的。儿子的床板塌了，父亲以几根木棍为衬，梆梆梆一通敲打，睡上去和新的无异。暖瓶壳风化了，风烛残年的样子，父亲以几片塑料为箍，拿胶带一缠，照样用。至于修个板凳腿、空易拉罐做烟灰缸之类，更是小菜一碟。其实，家里凡有物件坏了，父亲都要自己鼓捣许久，使绝大多数能近乎神奇地起死回生，发挥余热。这样的修复，在很多人眼里，几乎到了寒酸的程度。

母亲年轻时，受了很多苦。很长一段日子，她拉着一辆架子车，装着针头线脑、手套袜子等，在街边摆一小摊，从春到冬，从清晨到黄昏，日日如此。一包洗衣粉能赚一毛钱，一双袜子能赚两毛钱，一天到晚不开张也是常有的事。在母亲饭量最好，胃口也最馋的青春年代，家乡的特有小吃酿皮，一碗一毛八，她却舍不得吃。直到如今，母亲仍然在遗憾，时常念叨着，当年的酿皮诱惑。从角票攒起，母亲滴水成河，拥有了一张一张的银行存折。2006年我买商品房时，母亲一下子拿出了5万元，把我吓了一跳。家里现在还保存着母亲的几件手工，沙发垫、枕头套，是用五颜六色的碎布拼缝起来的，像一件件艺术作品。说碎布，一点儿不夸张，因为有很多布，仅有一指宽。我想象不了，母亲是如何将这些应该扔掉的废布条拼缝成器的。母亲缝补的手艺至今未丢，我们衣裤掉线了、袜子破洞了，母亲的缝补手艺便派上了用场。看她边穿针走线，补洞如新，边和我们唠家常，讲今昔，也是一种享受。耳濡目染之下，我也会几下子针线活。入伍期间，我缝拆洗后的被子、水兵服的肩章，得心应手。让我欣慰的是，偶尔提起给母亲买一两件新衣服，母亲倒不拒绝了，但选择起来却特别繁杂，往往要跑很多家店，砍好多次价，才如母亲价廉物美的意。当然了，其中也有很多次购物不成功，这与其说是瞧不上款式，倒不如说是母亲嫌贵，是她的勤俭意识在作祟。

　　在我心目中，家风家规不仅仅是念叨和教诲，它像是一盏灯，照亮我们前行的路。也像一部书，一部《颜氏家训》《治家格言》《傅雷家书》这样的经典，让我们几番品读。更像一粒种子，种瓜得瓜，有播撒就有收获。由此，当回望自家的家风时，我感到了一阵一阵，浓浓的暖意。

给舅舅发"盘缠"

春节曾经带给我们最开心的记忆，不仅在于春节期间，各家孩子都可以穿新衣、吃饺子、放鞭炮、看社火，尤其让人祈盼的，是跟着父母去亲友家拜年时，能够得到一些"盘缠"。"盘缠"是家乡对压岁钱的习惯叫法。

记得小时候，当听说父母要去拜年时，我们兄妹三人赶紧穿好新衣，眼巴巴地等着、嚷着，希望能够领上自己。因为每次拜年只能领上一个，假如同时领上三个的话，就有可能连一分钱的盘缠也挣不回来。所以被父母领去的孩子总是欢天喜地，没有被领上的，则灰心丧气，嘴里嘟囔着说父母偏心眼儿。

在我印象里，每去一家拜年，小孩子规规矩矩地跪在地上，给长辈磕三个头之后，会得到两毛、三毛钱的盘缠。有一次我跟着爸爸，去县城里拜年，爸爸的朋友竟然阔绰地给了我五毛钱，让我偷偷地乐了好几天，甚至直到现在，仍然记得。

似乎是在眨眼之间，我已经从去别人家挣盘缠，到了给人家孩子发盘缠的阶段了。角色的转换，让我不得不感慨岁月匆匆。让我更感慨的是，如今的孩子，似乎不稀罕去挣盘缠了。平日里吃的、穿的、读的、玩的，样样不缺，口袋里还或多或少都有一些零花钱。自己当年那种用挣到的几毛钱，买一本小人书、几粒糖果、几卷山楂皮的快乐和骄傲，现在的孩子不仅体会不到，甚至也想象不到了。

其实在我心里，对盘缠的理解，却越来越和别人不一样了。因为我觉得，现在需要盘缠，或者说需要关爱的，不应该仅仅只是孩子。记得往年春节临近，我都会给姑姑发盘缠。表哥在外地，姑姑平常都是一人在家。我给姑姑拜年的时候，会同时带给她 100 元钱，让她买喜欢吃的东西，一直到姑姑三年前去世。

除了姑姑之外，每年拜年时，我也给舅舅发盘缠。舅舅是母亲姊妹们同父异母的弟弟，在她们眼里，舅舅"太老实了"。原先的舅母生下一女后，不知是啥原因，执意和舅舅离婚，改嫁别村。舅舅自此独身至今。快 50 岁的人了，平常都在县城里做苦力活，站在劳力市场上，等着别人来使唤，扛个水泥啦，从车上卸货啦，拉煤啦什么的。辛苦一天，也挣不了几个钱。性格变得越来越孤僻、木讷，偶尔在街上遇见我们，老远就避开了。春节去他家拜年时，家里一般都是女儿、女婿招待，舅舅悄无声息地躲去屋外，蹲着抽烟，或在门前地里倒腾着。大概是三年前吧，我去拜年时，走到他身边，叫声舅舅，塞给他 100 元钱。他嘿嘿笑着，答应着，说你们来了啊。边接过我递去的盘缠，之后再无言语。事后我对母亲说起，母亲笑着说，你的面子够大了，你舅在街上遇见我，远远就避开了，这不，我们去拜年，他最多对我们笑一声，就走开了。看得出，母亲对我发盘缠的做法很赞许，我也就一年一年地坚持了下来。

有趣的是，在我的直觉里，春节的时候，舅舅开始盼望着我们去给他拜年。就像我们当年，盼着父母领上我们，去给别人家拜年一样。

我的留守假日

父亲点了一支烟，吸一口。似乎是无意识地问，国庆长假快到了，你们打算去哪儿？我一直反对父亲吸烟，可他戒了很多次，都没成功。记得我当兵时，父亲因病戒了很久，大概两年多。后来又吸上了，原因是他遇到了一些事，挺麻烦，绕不过去。由此我觉得，吸烟似乎和阅历有关，它何尝不是一种宣泄和放松，一味反对也不是个好办法。思维有些远了，我赶忙收回来，说今年不打算出去了，在家留守。

选择长假出行，似乎已经成了我最近几年的惯例。去年国庆期间，领略了丝绸之路的苍凉，见识了额济纳旗的灿烂。前年春节长假，在凝重而辽阔的青海大地上驰骋 5000 里。细想起来，走过的很多地方，几乎都在长假期间。长假，于我而言，几乎成了离开的代名词。父亲有此一问，也难怪。

老院子的核桃熟了，国庆节也快到了。中秋刚过，满树的核桃，随便敲几个下来，剥开粘连尚紧的绿皮，砸开壳，仁是最嫩的，仿佛刚刚从水转化而来，用手触摸，要融化一般。三个五个的，赶紧吃。吃着吃着，仁开始慢慢变脆，脆得不忍咬，咬了满口香，歇不下来。也就是说，对国庆节最敏感的，是老院子里这棵核桃树。往年核桃成熟，我出门了。一周左右回来，核桃已脱了绿皮，胎衣剥不下，有些涩了。满树果实，仿佛也在庆祝祖国的生日，将每年的国庆假日滋润得特别丰富，特别实在。今年，我想去老院子里，守候这株核桃树，像它每年守候着假日时光，守候着我的父母一样。

更需要我守候的，是年逾七旬的父母，身体还算健康。陪着吃早点，豆浆油条，小米稀饭啥的，顺口就行。陪父亲在老院里坐坐，砸核桃吃，还要逗欢欢"旺旺"大叫，满院撒欢，或者扫扫院里的落叶，拿袋子装了，搬出去。留一个整洁的院落，静待冬的降临。陪母亲逛逛街，挑一两件时髦的老年装，或许还要按她的意见，查查网上的价格，倘差价太大，咱就淘宝。包两三顿饺子，韭菜馅的，母亲爱吃，肉馅的，父亲好这口。这些都是国庆长假期间，我需要慢慢做的事情。其实这些还是我的想象。这样的想象，柔美如晨曦，照在心上，暖暖的。

陪父亲出去走走，也不失为长假首选。三年前的国庆期间，就和妹妹以及外甥共六七个人，陪着父亲走了一趟新疆。表叔在那边，屡屡来电，邀我们前往。十几年没见了，彼此亲热得不行。假日结束时，10床新疆棉絮，以及几十斤葡萄干、巴旦木、哈密瓜干、馕等，被我们大包小包扛回家，像搬来了整个新疆的盛情和温暖。父亲特别高兴，算是还了他的心愿。当然了，去乡下，也是父母的心愿。父亲姐弟七人，如今只存三个，去乡下的五姑家以及省城的六姑家，便要勤快一些的。五姑家还种着几亩玉米，院里栽着一些蔬菜。每到收获季节，五姑总要掰些新鲜玉米，让我们煮了吃，总要摘些茄子黄瓜西红柿啥的，送进城来。两个月前，她不慎崴了脚，动弹不得。等我们知道消息，已经被接到在省城打工的儿子处，治疗休息。听说国庆节时，五姑要回乡下，脚好了，在城里蹲不住。她在省城卖洋芋的女儿也一起回家，说要给自己放几天假，休息一下。母亲也想回娘家瞅瞅，上半年盖了二层楼，挺阔气的，还没回去过。以前母亲常提起，姥爷是木匠，当年家里的光景挺不错，到我舅舅这一辈，竟然扶不起，越过越穷了。直到舅舅的女儿，和入赘的女婿一起，勤劳俭朴十多年，家里才渐渐变了模样，如今也住上新楼了。说起这些，母亲就高兴，就欣慰。我陪他们回乡下，也同样高兴。

我心目中的留守，其实是和父母、和家人在一起，不管出去或者在家。我对留守的诸多想法，会在这个长假，慢慢兑现。

其实这是前些日子，我和朋友们的共同想法。外出一两年，歇一两年，过留守假日，生活才有广度，有温度。因为，我们喜欢诗和远方，也挚爱家和亲情。前者让我开阔胸怀，后者让我敛心暖情。也许，这一放一收，便是人生。

老院子

　　我的脚步很轻，几乎是蹑手蹑脚在走，可仍然被欢欢发现了。"呜呜"叫着，轻吠几声。推开门，欢欢跳起来，直立着，冲我伸出两只前爪，眉目间有谄媚。院子里铺了一层落叶，叶面很大，蒲扇一般，但大多朽了。父亲拎着扫把，"哗哗"扫，落叶发出仓促的叫声，急急闪躲。

　　听到门响，父亲直起腰，回过头来。身后，核桃树几乎秃了枝丫，瘦成了皮包骨头。

　　核桃满树时，我常来。搬了木梯，架在房檐，晃了晃，很结实，踩着梯子上了屋顶，拿一根长长的竹竿，朝着枝叶间"噼里啪啦"一阵敲，院里落了一层核桃，包着绿皮，闻着有股涩。嫩白脆爽的仁被涩拥在怀里，像酣睡的婴儿。每年这个时候，是老院子丰收的日子。核桃熟了，解馋。绣球开了，红的，粉的，模样俊，闻起来却臭。因了模样，一直没舍得挖了丢掉，任自生自灭。亏了它脾性倔，总也不死。"算了吧，臭就臭点，花艳，寿长，很耐看不是。"母亲肯定了绣球的演技，也留了它的命。还有国槐，紫了，桃梅，粉了。国槐和桃梅，开春不久，就迫不及待了。桃梅是父亲捡来栽院里的，小树，花茂，每年还能结出三五个桃子，脆，甜，杏般大小。国槐是嫁接的，树径不大，树冠却不小，紫色浓满树时，核桃树才怯怯地探出叶子。这棵国槐，是别家挖掉不要，被我绑在自行车后座上，拖回家的。当时奄奄一息，歇了一季，活过来了。院里的花木，都一副知恩图报的模样，绽放起来，不依不饶，不管不顾。

在父亲眼里，老院子的内涵，四季皆在。

说是老院子，其实并不老，没有雕梁画栋，没有阁楼照壁，只是来自 20 世纪 80 年代，一座四合院而已。说它老，是相对几年前买的一套商品楼说的。父亲舍不掉老院子，因为家里几代人的魂，都在这里。如果细细倾听，甚至可以听到老院子轻轻的喘息声。

老院里热闹，不仅有树有花，种着菜，还有小狗欢欢，小猫黑黑。父亲伸出手，黑黑乖乖过来，弓背，张嘴，卷舌，舔自己的口唇，舔父亲手心里的碎肉、块馍，卧倒在父亲脚边，眯缝了眼，装睡。"院里老鼠多，没猫不行。"父亲痛恨那些吱吱喳喳的鼠辈，却无从消灭。欢欢常常追着老鼠，满院跑，却逮不着，倒应了一句骂它的俗语。黑黑迁居于此，即便一声"喵"，鼠辈已丧胆，从此再无踪影。拿纸箱给黑黑做了窝，它不领情，非要睡父亲脚边。父亲断喝几声，威逼利诱，几次三番，黑黑才归窝。临睡前，从纸箱剪出的一个洞里，总要窥父亲几眼，才昏昏沉沉，安然闭目。欢欢脖上有绳，活动有限，每遇家人经过，必后蹄直立，前爪搭上你的身，嘤嘤欢喜，做忠臣状。父亲说，猫是奸臣。也难怪，黑黑之前，另有一只猫，还没起名呢，就逃之夭夭了。好在奸臣之中也有异类，黑黑该算其一吧。

老人在哪里，家就在哪里。

除了养的花木猫犬，家有来客，也往老院里去。

大姑近九十高龄，下肢几近瘫痪，被子女架着来。一进门，居然容光焕发，大笑着感叹，有生之年，还能转趟娘家。大姑的腿萎缩得厉害，不及大个的萝卜粗。她寡居半生，晚年终日卧床，除了吃饭睡觉，唯一的消遣，便是看看电视。没料到看电视，竟然让大姑成了名人。电视上播出关于中华人民共和国成立初期援疆女兵的纪录片，大姑突然发现了自己的小姑，正在接受采访。世间的事，于冥冥之中，似乎早有安排，该见的人，该经的事，避不开。建国初期，小姑毅然加入徒步援疆的队伍，成了"百名临洮女兵"之一，多年来音讯俱失。大姑简直不敢相信自己的眼睛，多方联系，终于通了电话。甘肃和新疆卫视联合寻亲，安排小姑回了一趟临洮老家，并现场直播这场世纪之约。年迈的姑嫂会面，老泪纵横，把手相问，哭哭笑笑，彼此都以为对方早已不在人世，奈何缘比寿长，最终成就了一段佳话，也让大姑感叹，日后在下面见到老头子，也算了了他的挂牵。

峥嵘岁月像杂面馍馍，不仅能忆苦思甜，还能预防富贵病。

同样没料到的，还有四姑，腰腿不便，被轮椅推着，来了老院好几趟。坐在阳光里，忆老说小，黄昏时，才被推回家去。这样的见面，聚一次少一次，大家很清楚，也珍惜。但也有例外，三姑恨四姑，不论在哪里，只要遇到四姑，掉头就走。四姑柔弱，对三姐低声下气。三姑刚烈，对四妹仇深似海。在我家老院子里，四姑曾经当着很多人面，向三姑下跪，请求原谅。三姑一声不吭，面色铁青，拂袖而去。我不明白其中缘由，亲姊妹间有什么疙瘩解不开，何必如此。直到有一天，母亲道破玄机，原来是20世纪60年代，三年灾难时期，三姑家断粮，向四姑去借，被四姑父婉拒。在三姑心中，这是见死不救，自此概不往来。直到病逝，始终没有原谅四姑。四姑父也有苦衷，少年时病重，无力医治，以致失明。万般无奈之下，只能以占卜为生，勉强度日。灾难时期，自顾不暇，又岂敢外借。

天亮了，留在三姑心里的噩梦还在。父亲姐弟们多年努力，都没有

194

解开三姑心里的怨恨。

二姑回娘家屈指可数，只有那么一两次。她也是我的六个姑姑里，唯一的"烟民"。平时叼着一个烟锅，没事时"叭叭"抽几口。莫合烟味很酽，夹杂着一股辣辣的香。一锅抽毕，烟锅往鞋底两磕，磕尽烟灰，别在腰间。父亲说，二姑最像我奶奶了。透过记忆的丝缕，我能依稀辨出奶奶的面目，嘴巴微瘪，笑时眼睛眯成缝，抽旱烟，煮罐罐茶。二姑也这模样，在家时也煮罐罐茶。据说当年只半袋小麦，二姑就被远嫁陕甘边界某县农村，从此"杳无音信"。杳无音信这个词，是父亲说的。那一晚在老院里，是父亲姐弟们聚得最全的一次，除了三姑未到。他们大声说笑，将苦难、往昔细细搅拌，慢慢咀嚼，直到夜至凌晨，秋凉如冰，直到笑出泪来，哽咽不止。多年后的今天，我仍然心有遗憾，当时应该合张影的，如今，姐弟七人，只剩父亲和五姑、六姑健在。过去的，想捡都不给你机会。二姑病重的日子，父亲和五姑、六姑去探望。这是二姑一辈子，第一次也是最后一次，等到娘家来人。父亲从遥远而陌生的地方，给我拨通了电话，说二姑想和我说几句话。二姑在电话里的声音很健康，问这问那，满是关切。父亲们待了两日，启程返回，再两日，二姑病逝。

父亲们见了曾经"杳无音信"的二姐最后一面。从此，二姑的长子映杏，凡节假日，必来电问候。父亲说，自己当年离开二姑家的时候，映杏不舍，号啕大哭。

五姑和我最贴心，快 80 岁了，身体健康，没啥杂病。五姑父大她 20 多岁，早年赌博成性，晚年唠唠叨叨，骂骂咧咧个没完，过世已六七载。儿子们平日在外打工，只留五姑一人在乡下，过着她的幸福晚年，倒也悠闲自在。没事时，坐上城郊车进城，每次拿着家里种的菜，自己烙的馍，唠些家长里短，小住一晚，或黄昏返回。六姑迁居省城了，每年来一两趟，五六人，十几人，一车或两车，浩浩荡荡，将老院子塞得满满的，热闹非凡。住的地方拆迁了，六姑家一夜致富，六姑父的口气也大了。大就大吧，富了，总是让人高兴的事。

除了亲戚，还有朋友，也常到老院子来。

我很佩服父亲，不管三教九流，似乎都有他的朋友。他早年结交的知己，总往老院子里跑的，好几个后来都成了所谓政府要员。在高位的时候，父亲无欲无求，冬眠他们。前几年陆续退休，才像春天到了，连情谊也苏醒了，隔三岔五小聚一次，醉上几回。其中两个查出癌症，父亲隔些时日，总要邀些旧友，前去探望。他们也偶有回访，在老院子里，高声谈笑当年，根本不像病人。和父亲关系最铁的一位忘年交，我称为段叔的，是最常来老院子的。段叔的妻子身患先心病，据说不能怀孕，却执意生下了乖巧的儿子，孩子还不到 10 岁，自己就去了另一个世界。段叔自此借酒浇愁，有了抑郁症状，父亲凡外出，总要喊上他，一起出出进进。但即便这样，也阻挡不了段叔撒手西去，某次在单独去外地的火车上，坠车身亡。父亲心情不好了很久，推测段叔肯定是因为醉酒，才出事的。前几日，父亲打听了被姑姑领养的段叔儿子，孩子已经自立了，目前在省城工作，还买了房，这给了父亲和我们很大的安慰。还有父亲当年的同事，也经常来老院子。我诧异的是，同事的退休工资存折，竟然由父亲代管，钱没了，同事来，找父亲取出一些。父亲专门替他记了一个账本，同事说，要账本干啥，你保管，我放心哩。

平常的朋友，交往也平常，波澜不兴。和不平常的人成了朋友，却难得。父亲当年负责一家小国营单位，只因接收了一位刑满释放的年轻人，到本单位临时做工，让其全家感激涕零。隔不多久，我家翻建房屋，也就是现在的老院子。年轻人的父母，已近七旬，竟然非要来帮忙，拆瓦、搬砖、挑水，拦都拦不住。从此，年轻人和父亲成了忘年交。父亲说，很多人带着偏见，其实年轻人很仗义，应该给人家改过的机会。直到现在，我家和年轻人仍然来往，不仅是他，还有他的全家。

所有这些，都是老院子的魂，都是老院子的精气神儿，父亲很留恋，我懂。

几年前，刮过一阵风，说老院子这一片，要拆迁了。于是，大伙儿抢着建房，将院里的空地，都竖起了墙，连阳光都无处落脚。在金钱和阳光之间，我们选择了阳光。只将北房浅浅地封闭了一下，再未新建。阳光依然在院子里，翩翩起舞，轻盈，暖和。只是核桃树越长越大了，杈开两枝倒写的"人"形树干，像柄巨伞，撑起在老院的天空。枝叶繁茂，不仅遮挡了阳光，粗壮的枝干还步步紧逼，嚣张跋扈，眼瞅着要挤歪北房前墙。不得已，只能伐掉一枝。父亲在地面指挥，两名园丁上了树，电锯嘶吼，一枝树干轰然倒下，阳光顿时满了院子。

其实我一直动员父亲，让他来楼上，和我们同住。其实母亲已经习惯了在楼上生活，只有父亲，一直不松口。其实全家的一日三餐，都是在楼上一起吃，只在夜里，父亲要回到院里，独自去住。其实我们的饭菜，都是父亲在做，蒸炒擀炖，样样拿手。其实，父亲就是老院子的魂，我们爱老院子，也爱住在老院子的父亲。

院子里舒心，接地气，楼上屁大点地方，透不过气。还有欢欢，还有黑黑，还有树，花，窖里的土豆。冬天生了火，烤出馍来，脆香。不能租出去，房客住几年，把房子糟蹋了。街坊多，有唠头，楼上连住对面都不认识。父亲寻出种种理由，坚守着他的院子，像一位将士，守卫着一座即将被攻陷的城堡。好在父亲身体健康，不需照顾，只好由着他，让他的旗帜在城堡里高高飘扬。

老院子的北房，立着我爷爷奶奶的遗像。有一天，我去了院子里，欢欢呜咽了几声，便静默了。黑黑不见踪迹，不知是在房顶健步，还是在纸窝酣眠。北房墙上挂了一串玉米棒子，黄澄澄的，这是从五姑家里拿来的，预示着全家往后不缺粮，不愁吃。晒了几串辣椒，红彤彤的，亮了满院。还有五六片腊肉，涂了厚厚的调料，晒得直往下滴油。父亲

不在家，该是到城中广场，去听秦腔了。老式座钟"当当当"地响了14
下，更显得屋里静若止水。爷爷奶奶的遗像前，祭着一个小碟子，里边
盛着一截香蕉，一块月饼，还有两个新鲜的核桃仁，被细细地剥了胎衣。
刹那之间，窥探了父亲心底的柔软，我无语凝噎。

　　像风一样刮来的拆迁传言，又像风一样被刮走了。唯一留下的，是
各家整院的简易房，和我家满院的灿烂阳光。

后记：拂过岁月之河的春风

理想是有精神和物质之分的，换言之，少年时代形成的理想，一般很阳春白雪，显得纯净、高雅而远大。一旦步入社会，会另有理想，一般趋于名利化，世俗化，对物质方面的要求更多一些。

打小开始，我对自己的理想有些模糊，没有想当科学家、艺术家、文学家之类的远大抱负。记得上初中时，才有了些想法，那就是将来在工作之余，写些文章，发些感慨，如果有幸印成铅字，在报刊发表，当是最骄傲、最幸福的事情。这个理想曾被某些心怀鸿鹄之志的同学耻笑过，却也被语文老师肯定过。现在回头去看，这个理想对我来说，是很理性，很现实的，隐约透露出脚踏实地、知足常乐的人生观。

回想在部队时，曾经写过也发表了几篇文章。工作之后，一度懒散，虚度时光。直到认识了《中国土地报》副刊"社稷坛"，才重新提笔。到后来的《中国国土资源报》，再到现在的《中国自然资源报》，陆续发表了一些文章。这期间，感谢的人太多，尤其是很多副刊编辑，让我每每忆起，总会心生暖意。从已经成名的付秀莹、徐峙、张传玖，到一直为他人作嫁衣的岛晓霞、王诒卿、陈蓉、王希、吕苑鹃、任晓路、杨旋、马亮……记住的名字有很多，从我蹒跚学步开始，这些老师们给我的鼓励和支持，我忘不了，也不能忘。

始终记得，好几年前，岛晓霞说过，我的文章"有节奏、有情怀、有诗意。……张兄从茶坊初期就一直参与，直到现在这么多年了，其中很长一段时间他每期都投，但很长时间都没用。我发现，他现在的稿子比起之前来成熟进步了许多，以至于，还会出一些精品。"

最近几年，吕苑鹃说我"您的稿子向来是最受欢迎的。""张老师，《小城故事多》一文真的很洗练，您的笔法越来越漂亮了。"

陈蓉建议："您出个散文集吧。""嗯，有线索就好。您的写作水平在系统内算是比较高的，出书也是很应该的。""我们都巴不得天天用您的稿子。……嗯，还是要谢谢您，也让我们副刊增色不少。"

我其实很清楚，拙文在广度和深度上还很不够，还需要深钻细研，去探究、发现和触摸生活中的真谛和精彩。但编辑老师的鼓励，社稷坛副刊给予我的帮助，是无以言表的，也是我笔耕不辍的原因之一。值此机会，向所有发表过我小文的编辑们致以深深的感谢。

这些年来，尽管周围越来越注重物质享受，而淡漠读书作文，我却始终坚守着自己的理想，未曾放弃，偶有收获，欣喜万分。细想起来，每当发现自己的文章被印成铅字的那一刹那，是我心里最幸福的时刻。也许，这个幸福是我一个小小的秘密，未曾对非同道者提及。也许，这样的幸福，是由许多次的失败和辛苦换来。再也许，这样的幸福对于别人而言，根本就算不上幸福。因为在许多人眼里，文章印成铅字，哪比得上山珍海味、桑拿按摩所带来的幸福和愉悦呢。如果要赞叹儿句的话，他们会说你的笔杆子不错。也有可能会不屑一顾，哼一声，这小子，书呆子一个。

加入了好多作家群，几乎每天，都能看见有同行在晒着自己的文章，骄傲自己的文章又在哪家报刊发表。看到这样的消息，我很愉快，是那种发自内心的理解和愉快。我明白，在这样的平台里，大家互报一下收获，不是炫耀，不是卖弄，完全是喜欢文字的人，特有的一种幸福感。这样的幸福，很多时候，其实是不容易获取的。记得我第一次与铅字幸福相约，是读初三的时候，有两首小诗发表在《作文周刊》上。直到如今，我也没有看到这两首小诗的样报。发表的消息，是从两封读者来信中知晓的，一封来自山东临沭，另一封是内蒙古呼和浩特。我和这两位素未谋面的读者，书信往来了整整三年，自己的幸福、自豪和成就感，在这样的书信交流中，表露无遗。

　　在内心里，我将自己对于铅字的迷恋，看作一缕春风，一缕拂过枯燥、琐碎的岁月之河的春风。当每一次和铅字幸福相约的时候，我清晰感到，自己的内心何其充实，何其雅致。直到如今，我始终忘不了，读高中的时候，我的一首《精卫鸟》，被印在地区刊物《黄土地》上。我的语文老师兴奋不已，写了一篇激情四射的评论文章，送到县广播站播出。放学后，我站在大街上，听着广播里老师的评论，暗自幸福了许多许多天。那段日子里，天空是碧蓝的，空气是清爽的，我的身心灿烂而温暖。更忘不了，1992 年在部队时，我的小说《王臣》在《昆仑》杂志发表，参谋长专门借了《昆仑》去读，又专门找了我，呵呵笑着，说，你小子，很有文采呀。在这样的时刻，我是最幸福的，生活又是最美好的。

　　如今，我将自己发表在报刊的一部分文章，收录在这本《灯火可亲》里，算是对于过去的回望和交代，也是对所有关心、支持过我的师友们的感谢。当然，还要特别感谢出版家凌翔先生，没有他的精心策划，就没有这本书的问世。

　　读过侯德云的《读书新语》，他借文友之口，推荐周作人《知堂回想录》，说"活着真好，能读到这样的好文章"。这样的评价，对一个写作者而言，至高无上。这样的评价，也是写作者的不懈追求。我其实更想说，活着真好，能够写文章，体验生活之美，感受人与人之间最真的情谊。